»Wir müssen lesen – Die Mottotexte aus einem Jahr
Wir müssen r3den, Bochums exuberanter Causerie«

1. Auflage Dezember 2018

© 2018 Marock Bierlej, Felicitas Friedrich und
Tim Szlafmyca

www.facebook.com/lesebuehneWMR

Bibliografische Information der Deutschen Nationalbibliothek: Die Deutsche Nationalbibliothek verzeichnet
diese Publikation in der Deutschen Nationalbibliogra-
fie; detaillierte bibliografische Daten sind im Internet
über dnb.dnb.de abrufbar

Sämtliche Rechte der Texte und Fotos liegen bei den je-
weiligen Autorinnen und Autoren bzw. Fotografinnen
und Fotografen und dürfen nicht ohne vorherige Ge-
nehmigung vervielfältigt werden. Also kurz nachfragen,
wir freuen uns.

ISBN: 978-3-7481-0099-7

Herstellung und Verlag: BoD – Books on Demand,
Norderstedt

Cover und Gesamtgestaltung:
Marock Bierlej

Wir müssen lEsen

Die Mottotexte aus einem Jahr

Wir müssen r3den

Bochums exuberanter Causerie

von

Marock Bierlej

Felicitas Friedrich

Tim Szlafmyca

Mit weiteren Beiträgen von

Christofer mit F

Jasmin Sell

Kim Catrin

Carolin Annuscheit

Daniel Wagner

Pia Lüddecke

Inhalt

Fiat Lux

Weihnachten

Himmelarschundzwirn

Die Wasser

Vorwort?

$\mathcal{E}$s begab sich kurz vor Fertigstellung dieses Buches im Face-book-Gruppenchat …

MAROCK: Ej Leute, wir brauchen doch noch ein Vorwort für unsere Anthologie! Irgendwelche Vorschläge?

TIM: Darüber sollten wir wirklich reden

TIM: *müssen. Huch.

FELICITAS: Immer diese Zwänge!

MAROCK: Quatsch Zwang! Das ist Service für unsere Leser. Die wissen doch sonst gar nicht, wat ambach ist mit diesem prächtigen Machwerk, das sie da in den Händen halten. Das machen wir doch gerne!

TIM: Wilhelm Hausenstein hat in seinem Buch Kairuan" anstelle eines Vorworts einfach einen Jean Paul-Text zitiert. Vielleicht können wir das auch machen, nur mit Sean Paul. Weil modern und so.

FELICITAS: Denn auch Sean Paul hat über Literatur, Redefreiheit und kulturelle Entfaltung schon gesagt: »Legalize it!« Zumindest ist mir schleierhaft, was er sonst hätte meinen können …

TIM: Um ehrlich zu sein: Mir ist generell alles schleierhaft, was von ihm kommt. Ich verstehe da einfach kein Wort. Andererseits ist das mit meinen Texten im Buch ja ähnlich (Sollten wir natürlich nicht im Vorwort erwähnen :D)

FELICITAS: Dass du sie nicht verstehst oder die Lesenden?

TIM: Beides, fürchte ich.

FELICITAS: Halten wir also fest: »Niemand kann Texte schreiben, die schwerer zu verstehen sind als die von Sean Paul.« Und Tim so: »Hold my Fiege!«

MAROCK: Ah, oh, sorry, ich hab gerade vergessen, dass wir hier diskutieren. Habt ihr schon ein Ergebnis? Ich hatte keine Lust, alles nachzulesen. Hauptsache Fiege!

TIM: Kurz für Marock zusammengefasst: Drei Menschen mit Lesebühne sind zu blöd zum Schreiben. :D Da kann man ja froh sein, dass das Publikum unser Hickhack nie mitbekommt (wobei, vllt. kommen die seit über einem Jahr nur zu uns ins Eden, weil sie auch denken: Hauptsache Fiege.)

TIM: Aber zum Thema: Wir können ja brainstormen, was in unser Vorwort soll. Was erwartet die Lesenden? Das reicht ja erstmal so in Kurzform wie in Fernsehzeitungen: »Nach Bier stinkender Nonsens mit Herz. Mit Veronica Ferres.«

MAROCK: Das war eine Zusammenfassung, die der besten Anthologie, die Bochum, ach der gesamte deutschsprachige Raum (inklusive Liechtenstein, der deutschsprachigen Gemeinschaft in Belgien und den Amischen in Pennsylvanien) würdig ist!

MAROCK: Hast du noch eine Kurzzusammenfassung hinzuzufügen, Feli?

FELICITAS: Wenn drei zu reden haben, freut sich das Eden. Mit Fiege. Und dem besten Gin Tonic Bochums. Die Stadt in Limpopo, Südafrika, miteinbezogen.

FELICITAS: Manchmal wird es spät. Dann singen sie auch.

TIM: Ich finde, das ist ein gutes Vorwort. Sollen wir noch was hintendran packen oder damit aufhören, wie es jetzt ist :D?

MAROCK: Wir müssen das nicht zer-reden. Hö hö … hö …

FELICITAS: Finde ich auch. Ist schön so, wie es ist.

Wir müssen rEden № 1

Am Anfang war das Wort

17.05.2017

Premiere! Wir starteten mit gleich abertausenden Worten, die wir wir in das kuschelige Café Eden trugen. Unsere Gäst*innen haben wir ganz umweltbewusst regional eingekauft: SVEN HENSEL kam von gegenüber rüber spaziert und hielt mit seinen Texten anlässlich des *International Day against Homophobia* ein Plädoyer für Toleranz, während JANOU, die sonst im Freibeuter kellnert, mit ihrer Gitarre das Eden rockte und das Publikum begeisterte. Mariana Bittermann hielt alles fotografisch fest.

Tim Szlafmyca

Am Anfang war das Wort

WMR1-Eröffnungsrede

Am Anfang war das Wort.

Aber welches? Und wann?

Vor 1,9 Millionen Jahren begann der Homo erectus auf der Erde zu wandeln. Der Paläoanthropologe Richard Leakey meint, der Homo erectus nutzte als erste hominine Art das Feuer, konnte aufrecht gehen und tat das auch – beispielsweise beim Jagen. Sein Mund- und Rachenraum, wenngleich nur ausgeprägt wie bei einem heutigen Baby, gab ihm außerdem die Fähigkeit zur Lautbildung, zur Sprache. Schwerfällig und langsam, aber immerhin.

Man stelle sich also vor, irgendwann im Altpleistozän: Der Homo erectus sitzt mit seiner Crew um den neuesten, heißen Scheiß – das Feuer. Gemeinsam wird gegrillt und mit Ugh-Lauten streitet man darum, wer nun eigentlich den größten Auerochsen, das größte Wollmammut oder die größte Säbelzahnkatze zur Party mitgebracht hat.

Doch einer ist nicht dabei. Nie geht er mit jagen und hockt ständig in der Höhle und grübelt. Quasi der erste Nerd in der

Geschichte der homininen Gattungen. Während alle draußen am Feuer sitzen, kommt er plötzlich aus der Höhle gestürmt und baut sich vor der versammelten Belegschaft auf. Erwartungsvolle Blicke ruhen auf ihm, als er das erste Wort sagt: »Bier«.

Oder meinetwegen »Feuer«. Im Grunde spielt es keine Rolle. Denn wenn es nur ein Wort gibt, wie erklärt man dann, was das ist, wie man es benutzt und dass man doch noch einen Haufen weiterer erfinden könnte? Da hatten es nachfolgende Generationen und Gattungen deutlich einfacher.

Springen wir in die Jungsteinzeit. Lange bevor auch nur ein Franzose das Wort Revolution aussprechen konnte, fand die erste bereits statt. Die Neolithische Revolution vor etwa 12.000 Jahren. Der Mensch wird sesshaft, bestellt seine Felder und kann mit Jagen und Sammeln zumindest bis zur Erfindung von »Pokémon Go« aufhören. Das muss eine sehr spannende Zeit gewesen sein: Man konnte sich Ortsnamen ausdenken, Familiennamen, Berufsbezeichnungen. Dabei sah es 62.000 Jahre zuvor überhaupt nicht danach aus. Als auf Sumatra der Vulkan Toba ausbrach, löschte dieser mal ganz nebenbei den Homo sapiens aus – bis auf ein paar Tausend Individuen. Das könnte die mitochondriale Eva und den Adam des Y-Chromosoms erklären, aber auch die Out-of-Africa-Theorie.

Nur blöd, wenn man noch nicht weiß, wie die Orte heißen, an die man geht und wie die anderen Gattungen oder Rassen eigentlich genannt werden sollten. Und vermutlich war das auch überhaupt nicht wichtig. Eine Sache, in der wir uns selbst damals möglicherweise deutlich voraus waren.

Was wir heute als Europa kennen, war Heimat des Homo neanderthalensis, in Asien hingegen lungerten der Homo erectus und der Homo floresiensis rum. Dem Homo sapiens war es zu Hause in Afrika nach der Toba-Katastrophe aber allem Anschein nach nicht mehr ganz so geheuer und so standen reiselustige Homo sapiens am Rand der Halbinsel Sinai und teilten sich auf. Ein paar gen Osten, ein paar gen Westen, dann würde man einige Jahrtausende vergehen lassen und könnte sich dann ja wiedertreffen und sich erzählen, was so passiert ist. Oder

Krieg führen. Zumindest, wenn dieses Wort eines Tages erfunden werden sollte.

Unabhängig vom ersten Wort des Menschen habe ich mir aber auch viele Gedanken darüber gemacht, was eigentlich mein persönliches erstes Wort war und wie dieses eine Wort dazu führen konnte, dass ich heute hier stehe und sich für mich noch immer alles um Worte dreht. Als ich das Schreiben gelernt habe, habe ich zum Beispiel meinen ersten Witz erfunden.

»Warum heißt der Kloboss so? Weil er der Boss vom Klo ist.«

Das war genial und ich war der Mensch, dem dieser Witz eingefallen ist. Bis mir irgendwann erklärt wurde, dass das Wort »Globus« heißt.

Etwas mehr als zehn Jahre später habe ich dann meinen ersten Text auf einer Bühne gelesen, 2008, in Bochum. Auf dem Flyer stand als weiterer Akteur des Abends ein gewisser *Marock Bierlej*, der damals noch unter seinem bürgerlichen Namen firmierte. Einige gemeinsame Auftritte und Eskalationen später stand auch noch eine gewisse *Felicitas Friedrich* mit uns auf der geteilten Bühne. Es mag konsequent oder zufällig erscheinen, dass diesen Frühling dann wieder das Wort am Anfang stand. Ein bloßer Satz, der dazu führte, dass ich mit den beiden heute hier stehe. Eine kurze Nachricht, die nicht mehr sagte als: »Wir müssen reden.«

Und das wollen wir ab heute auch tun.

Felicitas Friedrich

Zusammen oder getrennt

Ein Text über schlechte Grammatik – und/oder eine Trennung.

*I*n einer Zeit, in der Menschen hierzulande Verbrechen an der Sprache begehen wie »Geb mir deine Hand«, »Werf ein Auge auf mich« oder »Sterb in meinen Armen«, sind Missverständnisse, Vertrauensbrüche und vor allem Aggressionen doch vorprogrammiert.

Wir haben uns niedergelassen vor einer Geräuschkulisse, in einem Lärmpegel, in einem Lichtkegel, der unsere Schokoladenseiten hervorhebt und unsere Schwachstellen kaschiert. Unsere Konversation kreist um Popkultur, Literatur und Charakterstruktur, mein Herz schlägt einen Daktylus, manchmal unregelmäßig, doch als Gesamtkunstwerk stringent, du sprichst in Blankversen, sechshebig, Alexandriner, und ich versuche, nach Augen- und Versmaß meinen Rhythmus und meine Lebenserfahrung crashkursartig anzugleichen.

Ich mag, wie dein Zeigefinger in die Luft stößt und mit kleinen kreisenden Bewegungen Meilensteine unserer Kommunikation kennzeichnet. Mein Höschen wurde schon feucht, als du zum ersten Mal »ergibt Sinn« statt »macht Sinn« gesagt hast, ein

Kribbeln durchfuhr meinen Körper, als ich merkte, dass du den Konjunktiv I und den Genitiv richtig verwendest, und wenn du jetzt noch das Wort »nichtsdestoweniger« benutzt, dann schwör' ich dir, mein Guter, dann besteig' ich dich sofort.

Wir sind verschränkte Relativsätze, erst zusammen werden wir schlüssig, nur gemeinsam poetisch, nur mühsam aufzudröseln. Wir sind unbestimmbare Objekte in einer unerforschten Sprache, deine Küsse sind Allheilmittel gegen Zungenbrecherverletzungen, ich zoll' dir Attribut; ich mag, wie deine Hand meine zu suchen beginnt. Ich mag, wie sie die Kellnerin heranwinkt, weil das heißt, dass wir in Zweisamkeit und Kuschellicht aufbrechen können. Ich mag nicht, wie sie den fremden Hintern streift.

Schwenk auf Paulina.

Paulina hat ein Freundschaftsbuch. Ihre Lieblingsfarbe ist lila und ihre Lieblingstiere sind Hunde, ihre beste Freundin Carina möchte ihr mit auf den Weg geben, dass sie »nicht ihr Leben träumen, sondern ihren Traum leben« soll, weil das sehr weise und sehr visionär klingt, wenn man vierzehn ist.

Die Zeile »Traumberuf« lässt sie frei, »Beruf«, das bedeutet Steuererklärung, Schufa-Einträge, steifer Nacken von PC-Arbeit, aber nicht Freiheit, Leichtsinn, kaltes Wasser, Mut. Sie will studieren, etwas mit Herz, etwas mit Präsenz, etwas mit Präsens, etwas mit Akzentuierung und so zieht Paulina aus und studiert das, was man halt studiert als Mädchen mit Träumen, das Paulina heißt: Germanistik. Und nebenbei schenkt sie unser Glück aus, Göttin mit Biergläsern und Kinngrübchen, während Jahreszeiten sich um uns drehen und unsere Haare, Kleider und Gemüter in Mitleidenschaft ziehen.

In einer Welt, in der selbst unumstößliche Regeln wie »Trenne nie S-T, denn es tut ihm weh« hinterrücks gebrochen werden, sollte es auch nicht verwundern, dass auch wir alles andere als untrennbar sind. Auch wenn es uns nicht minder wehtut und ich mich frage, ob je jemand etwas für die Artenerhaltung des S-Ts als zusammenstehende Buchstabenkombination getan hat und ob derjenige wohl einen S-T-Tick hat. Ich würde mir dafür gerne dein »Ba-Dum Tss« abholen, doch wie es scheint, ist die Stimmung nicht für Scherze gemacht.

Wir haben zu viele Leerzeichen zwischen uns gesetzt. In einer Zeit der blanken Anarchie, in der zusammen oder getrennt völlig willkürlich definiert wird, haben auch wir schlichtweg vergessen, ob wir zueinander gehören oder nicht. Zwischen uns nur eine Sphäre voller Luftlöcher, es gibt Turbulenzen und was wir sagen, können wir nicht anschnallen, es taumelt umher und ist nicht zurückzunehmen.

Wir sind Nebenhandlungsstränge mit losen Enden, verwoben, verschroben, verworren, komplex, und haben zu spät gemerkt, dass es gar keinen Hauptplot gibt, zu dem wir gehören. Sind Bandwurmsätze, die langweilen und anstrengen, sind ruppige Untertöne, die wie Obertöne mitschwingen.

Könnten wir gut mit Ziffern statt mit Buchstaben umgehen, hätten wir wohl längst damit rechnen können, dass unsere Tage gezählt sind, doch das macht die Naivität aus uns. No future, no past, no Plusquamperfekt, nur zwei Menschen und zu viel Bier, das ich nur will, wenn ich es von deinen Lippen lecken kann. Alleine ist mir Bier viel zu trostlos, nur mit dir ein vollmundiger Geschmack.

Ich weiß nicht, ob Paulina noch Paulina heißt, sie war ohnehin nur ein Paar austauschbare Hände, das uns Gläser anreicht, doch heute könnten wir Trennungsgrundbingo auf ihren Brüsten spielen; sie lächelt unbedarft. Und fragt: »Zusammen oder getrennt?«

Und du sagst: »Tja, getrennt, seit gerade eben, dumm gelaufen!«

Und ich denke mir, dass ich zu wenig Männer kenne, mit denen es nicht noch schlimmer würde als mit dir. Ich denke mir, dass du bestimmt Recht damit hast, dass wir als Freunde besser funktionieren werden. Ich denke mir viele schöne Sachen und vor allem, dass du dich ficken sollst.

Das mit uns hätte ohnehin keine Zukunft gehabt, ich bitte dich: Mein Vorname ist Latein und dein Nachname beinhaltet einen Umlaut, wie soll das denn zusammen aussehen?! Und außerdem fände ich es ziemlich knorke, wenn du endlich an deiner das/dass-Schwäche arbeiten würdest – des Weiteren fände ich es ziemlich »knorke«, wenn viel mehr Menschen das Wort knorke benutzen würden, aber das ist eine andere Geschichte. Jetzt muss ich erst mal Klischees erfüllen, muss Möbel verrücken, Nächte durchmachen, meine Haare abschneiden, um Ballast abzuwerfen. Ja, das klingt nach einer guten Idee, bin schließlich Grammatiknazi, dann müssen die Haare auch entsprechend aussehen.

Unsere Herzen stoßen Ach-Laute aus. Es kommt mir spanisch vor. Wir sind der Epilog mit Tränen im Knopfloch, das Staffelfinale ohne Cliffhanger, ein tätowierter Arm ohne Traumfänger, eine Dorfdiskoclique ohne Draufgänger. Wir sprechen voneinander im Imperfekt, als hätten wir gerade erst begriffen, dass wir das schon immer waren, das Gegenteil von perfekt, und einigen uns darauf, dass es nicht wegen mir oder wegen dir ist, sondern unseretwegen, das zeigt, wie locker wir damit umgehen.

»Wir gehören zusammen«, nickt der ältere Herr vor mir dem Menschen an der Kinokasse zu, nimmt die Hand seiner Frau, die ihm zulächelt und den leichten Druck erwidert. »Wir gehören zusammen« – eine Phrase, romantisch und dumm zugleich. »Wir gehören zusammen.« »We belong together.« Auch ein bisschen mariah-carey-esk, inbrünstig gesungen, fünf Oktaven Stimmumfang, fünf Euro Preiszuschlag für die extra große Portion Nachos, es gibt Gruppenrabatte und Pärchensitze, aber keinen Singlebonus, fünf Wochen ohne dich und irgendwie habe ich es überlebt.

Man gewöhnt sich an alles. Wenn ich mich nun nachts schlaf- und biertrunken nach links drehe, weiß ich, dass da zwischen vollgerotzten Taschentüchern und leergemampften Keksschachteln nicht mehr du liegst. Beim Kochen muss ich mich nicht mehr fragen, ob du eventuell eine der Zutaten nicht mögen könntest, und ich putte wieder meine hands up!, wenn Beyoncé all the single ladies dazu auffordert. Nach seven hours and fifteen days war ich viel zu beschäftigt mit betrunken sein, um Sinéad O'Connor zu hören, und ich habe auch ohne leere Floskeln noch immer aufregende Geschichten mit Spannungsbogen zu erzählen; zum Beispiel war vor kurzem meine Waschmaschine kaputt.

Das ist bedeutungsvoll und interessant. Es stellte sich heraus, dass sich im Filter eine Münze verfangen hatte. Es war ein Złoty, eine polnische Münze, und niemand in unserem Haushalt hatte jemals einen Złoty in der Wäsche gehabt. Die Münze muss weit bevor wir eingezogen sind, dorthin gelangt sein, ohne jemals jemanden zu stören, bis zu dem Tag, an dem wir als völlig Unbeteiligte die Konsequenzen spürten.

Und dann denke ich wieder an jene Worte, die wir so unachtsam fallen lassen. »Wir gehören zusammen«, klar. All die *Ich liebe dichs*, die *Für immers*, die Superlative, aber auch die *Verpiss dichs* und die *Du bist für mich gestorbens*, die wir oberflächlich so gut wegstecken, aber eines Tages, lass Zeit verstreichen, lass es zehn, lass es zwanzig, lass es dreißig Jahre sein, kann alles wieder hochkommen. Dann tut etwas, das längst verdrängt war, wieder weh und es leiden vielleicht völlig Unschuldige darunter.

Und ich habe dieses Geldstück weit weggelegt, damit es keinen Schaden mehr anrichten kann, und genauso möchte ich auch jedes Wort auf Abstand halten, das darauf abzielt, mich zu beschädigen.

Doch an jedem Punkt, an dem das nicht möglich ist, heißt es: Wir müssen reden, mein Freund, reden, ob du willst oder nicht. Wir müssen reden über jedes Wort, das den Anfang beschließt und das Ende besiegelt. Reden über jedes Wort, das du vergessen hast und für das du dich schämst, denn ich will nicht, dass Gesagtes oder Ungesagtes irgendwann, lass Zeit verstreichen, lass es zehn, lass es zwanzig, lass es dreißig Jahre sein, mich wieder einholt.

Urriese Ymir den Breakdown erfunden. Der Leib des Riesen wurde die Erde, der Ground, der Festivalground, auf dem sich das Leben abspielen sollte.

Amaterasu, die zuvor von Gottilie angemacht worden war, nutzte die Gunst der Stunde, um nicht nur Sonne zu sein, sondern auch das Kaiserreich Japan zu gründen und uns viele alberne Spielshows zu bescheren. Sie strahlte ob ihres Einfalls und erfand damit die Feuershow.

»Was geht genn hier ab?! Macht, dass Ihr hier rauskommt, aber dalli!«

Papa Shiva hatte die Werkstatt betreten. Die göttlich-kindlichen Strolchentitäten eilten teils beschämt, teils frech grinsend, ängstlich und lachend an Shiva vorbei, raus aus dem Schuppen ins Freie.

»Ihr da, ihr bleibt noch einen Moment.« Amon Amarth hielten inne. »Euer Sound wird noch gebraucht.«

Und Shiva betrachtete die Schöpfung. »Was ist das? Das ist Scheiße! Diese Welt ist verdammte Kinderkacke!«, keifte er und machte sich mit wildem Wüten an die Zerstörung der Welt und erfand damit das kataklysmisch geile Konzertfinale. Vielleicht, um danach eine neue Welt zu erschaffen. Vielleicht, weil er Kinder einfach hart nicht ab kann.

Und so wisset: Auch, wenn diese Welt richtig misslungene Scheiße ist, so besteht sie, bestehen du und ich – aus Musik.

Und Gewalt.

Wir müssen rEden № 2

Sündenfall

21.06.2017

Verboten gut waren unsere Gäste: CHRISTOFER MIT F unterhielt das Publikum mit einem spannenden Epos über Detektiv Konopka und einem absurd komischen Dialog zwischen Abraham und dem „großen Boss", MARIUS TILLY verwandelte mit seinen Songs das Eden in eine glühend heiße Konzerthalle und setzte mit einer Soundgarden-Co-verversion dem kürzlich verstorbenen Chris Cornell ein Denkmal. Ein sündhaft gelungener Abend, der dank der Fotobeweise von Alexander Schneider unvergessen bleibt.

Felicitas Friedrich

Meine Schuld

*I*st das dein fucking Ernst?«
Verdammt. Erwischt. Ach, ich bitte dich. Ist das denn wirklich
so dramatisch jetzt? Als ob du noch nie irgendwas Unüberlegtes
getan hättest, wir sind doch Freundinnen. Da kann man sich sowas
doch mal verzeihen ...

»Gehst du wirklich?! Aus dem Haus?! Mit *ungezupften
Augenbrauen?!*«
Ja, ich gestehe. Ich habe gesündigt.

Ich bin ein Ausbund an negativen Vibes, eine Collage aus Pro-
blemzonen, ein Wollknäuel aus Make-Up-Sünden, Datingsünden,
Modesünden, Ernährungssünden. Auf meinem Ober-, Mittel-,
Unter-, Innen-, Außenkörper trampeln Hyänenherden aus Frau-
enzeitschriftenredakteurinnen, die genau wissen, was ich tun muss,
um sexy sexy sexy zu werden.

Denn, überhaupt, die Männer. Wir wissen, wie sie ticken, wollen mit ihnen auf einen Nenner kommen, die wollen doch alle nur
f...rische Girlwangen streicheln. Stand in der »Mädchen« letzte
Woche. Die sind doch alle vom gleichen Schlag, als ob es da Abwei-
chungen gäbe, als ob je einer eine mit Turnschuhen mag oder gar
eine Kurzhaarige liebt.

Pass auf: Wenn er mit dir spricht, überkreuzt du die Beine,
senkst den Blick, schaust ihn von unten an. Kokett. Süß. Unter-

würfig. Und wenn er was sagt, dann kicherst du, aber bloß nicht zu schrill. Bloß nicht zu laut. Nimm dich zurück.

Und trag bloß kein Pink. Du bist nicht mehr elf. Und hör bloß nicht P!nk, du bist nicht mehr zwölf. Benutz kein Deo, das stinkt, du bist nicht mehr, du bist nicht, du bist, du, ich glaub', es schlägt 13.

Ich brauche keine Flirtschule, keine Umstylingkurse, keine Psychotests, die mir verraten, welche meiner Macken für Jungs am abschreckendsten ist.

Ihr zoomt auf die Oberschenkel, Hintern, Bäuche der Frauen, die eigentlich Idole sein sollten – »Zu viel genascht oder *süßes Geheimnis?*«

Und wer weiß den neusten Tratsch darüber, wer mit wem die Nacht verbringt?

Dieses leichte Mädchen ist fast so schmutzig wie der Spatz, der's von den Dächern singt!

Schaut sie euch an, wen sie wieder abgeschleppt hat, was nimmt sie sich da raus?

Es ist der Dritte diesen Monat, bald ist sie wirklich verbraucht.

Doch Männer, ach… die sind halt so. Die müssen Jäger und Sammler sein.

Sexuelle Erfahrung macht sie so reif. Also
haben sie 'nen Freifahrtschein.

Ich trage eine massive Bürde, eine Schuld an, Schuld an, Schuld an meiner eigenen Lebenssituation auf meinen Schultern, eine Schuld an, Schuld an, Schuld an … ja, an was eigentlich?

Wir Frauen begehen jeden Tag massenhaft Sünden
und diese Anklageschrift bietet uns einen Batzen an Gründen,
uns zu verbünden!
Faust gen Horizont und darüber hinaus,
ob mausgrau oder blond, machen wir dem Patriarchat den Garaus.
Und oh mein Gott, hat sie das gerade wirklich gesagt?
Hat sie sich wirklich beklagt?
Ist sie etwa eine dieser Schwanzabschneidemanzen?

Nein! Nochmal zur Klarstellung: Ich mag Schwänze!
Und die dürfen auch ruhig da bleiben, wo sie jetzt hängen! Und wisst ihr was? Erkenntnis des Jahres: Männer sind gar nicht unser größtes Problem!
Meine Beobachtungen lassen mich einfach verzweifeln,
ich muss leider verzeichnen:
Die meisten Anfeindungen
gegen Frauen kommen aus den eigenen Reihen.

»*Was* hast du da?! Unter! Deinen Achseln?!«
    Bitte versprich mir, dass du jetzt ganz stark bist.
    Ich weiß nicht, wie ich es dir möglichst schonend beibringen
soll, ich will jetzt echt kein Trauma bei dir auslösen, aber ... das
sind ... *Haare*!
    Und jetzt bitte, bitte, bitte – sei noch stärker. Atme tief durch.
Das wird jetzt nicht leicht. *Die hast du da auch.*
    Nur ich – ich habe gesündigt. Seit einer Woche schon schleppe
ich dieses dunkle Geheimnis mit mir herum, dass ich Rasieren
manchmal lästig und Waxing immer aua finde und überhaupt noch
andere Hobbys habe außer Körpermodifizierung und Schönheitsi-
dealen entsprechen.
    Ich brauche keinen Blowjobguide, keine Datingtipps, keinen
Kamasutraexkurs; »Die optimale Anzahl an Sexualpartnern im Laufe
des Lebens ist 12. Nicht mehr, nicht weniger, genau die richtige
Balance zwischen frigider Jungfer und nymphomaner Schlampe.«
Verdammt, die einzige Schlampe, die ich hier sehe, ist diese Statistik!

Ich bin in Hotpants ein Flittchen, in der Bluse dann zu prüde,
ich bin krank und müde,
sick and tired of your Doppelmoral,
ihr werft ein hässliches Licht auf euer eige-
nes Geschlecht und ich kotze im Strahl!
Mir ist es doch nicht egal,
dass wir uns gestern noch beschwerten,
man hielte uns klein wie die zweite Geige
in Orchestern bei Konzerten,

und nichts liegt mir ferner, als meine Schwestern zu entwerten.

Wir Frauen begehen jeden Tag massenhaft Sünden
und diese Anklageschrift bietet uns einen Batzen an Gründen,
uns zu verbünden!
Faust gen Horizont und darüber hinaus,
ob mausgrau oder blond – jede von uns verdient Applaus!
Doch Mädels, was soll das? Wir waren doch schon viel weiter,
haben Unterstützung von allen Seiten,
doch machen uns alles kaputt, wenn wir weiter so streiten.
Denn Sexismus zwischen Frauen hemmt jeglichen Tatendrang.
Ich hab' das Wort »Gleichberechtigung« im
Ohr, das für uns alle so verlockend klang.
Doch wie sollen wir ein Ziel erreichen, zie-
hen wir nicht am gleichen Strang?
Wir versinken in Egoismus; unsere Witze übereinander sind frivol.
War da mal was mit Feminismus oder lacht ihr nur noch hohl?
Wir sollten zusammenhalten.
Explosiv gemischt wie Kieselgur und Nitroglycerin,
drängend wie ein unverschiebbarer Termin,
und ich wette, all diese Credos fändest du schon gut,
ein Hinstreben auf vollkommenen Frohmut.
Wir sind verbunden, Schwester. Das hab' ich nicht im Urin,
nein, das hab' ich im Menstruationsblut!

Wir tragen eine massive Bürde, eine Schuld an, Schuld an, Schuld an unserer eigenen Lebenssituation auf unseren Schultern, eine Schuld an, Schuld an, Schuld an … ja, an was eigentlich?

An alle Frauen. Und an alle Männer. Und an alle Individuen: Ihr seid nicht perfekt. Ihr habt Makel. Aber die sind okay. Die machen euch aus.

Eure schlimmste Problemzone ist die, in der ihr euch schamlos, gemein, niederträchtig über eure Mitmenschen auslasst.

Und ich hoffe, dass es irgendwann mal ein YouTube-Tutorial gibt, das euch zeigt, wie ihr daran arbeitet.

Marock Bierlej

Sünde und Rausch

Wir sind zu viert. Oder zu acht. Wir kamen zu dritt, trafen wen, teilten uns, lernten neue Leute kennen. Und da kommt auch schon Andreas angewatschelt.

Das Festival war eins dieser Feste, auf die man geht, weil alle hingehen. Zwei Bühnen mit irgendwelchen Hiphop-, Elektro- oder Pop-*Stars* gegen Abend, die genauso uninteressant sind wie die irgendwelchen Hiphop-, Elektro- oder Pop-*Debütanten*, die die Bühnen am Nachmittag bespielen. Daneben, davor, dazwischen immerhin Bierstände und Promobuden für irgendwelche ultrasüßen, plutoniumgrünen Hip- und In-Getränke. Jedes Jahr werden neue Guacamole-Gin-Getränke, Bubble Beers und Walfischwodkas von übermotivierten Studenten in albernen Klamotten an das garantiert nicht so ganz volljährige Feiervolk verscherbelt. Die Giftmischer verdienen sicher genug in einer Saison, um sich ab dem Winter in eine Flachdachvilla auf den Seychellen zurückzuziehen. Oder in irgendeinem anderen Land, das nicht an die deutschen Steuerfahnder ausliefert.

So schweife ich gedanklich umher zu den Dingen, die mich nichts angehen, denn ich habe ohnehin meine eigenen Getränke dabei. Eine Wodka-E-Mische und eine *Pepsi Plus* für den Pegel – und reichlich Bier, damit man nicht mit leeren Händen dasitzt. Drei Menschen hat Andreas im Schlepptau. Sie folgen ihm, denn er hat den Schnaps. Und dann ist da noch sie. Sie läuft auch hinter Andreas her, aber nicht wegen seines Schnapses. Sie ist für den Spaß hier, sie ist gerne mit Leuten unterwegs. Sie schwebt leichtfüßig, nein, sie schreitet stolz, oder beides? Sie ist unabhängig und stark und gleichzeitig elfengleich und strahlend. Ich weiß nicht, was sie macht. Sie bewegt sich fort. Hinter Andreas, aber nicht hinter ihm her, dafür in meine Richtung, auf mich zu. Sie gleitet, sie marschiert, sie tänzelt und gebietet auf mich zu. Sie hat wahrscheinlich Ecstasy genommen. Und das reichlich. Und sie ist so schön.

Setz dich zu mir. Setz dich neben mich. Ich darf doch du sagen? Natürlich darf ich du sagen, wir sind auf einem verkackten Festival, ich Idiot. Ich nehme einen tiefen Zug aus einer der beiden Plastikpullen vor mir. Ej, lass mir auch noch was drin!, ruft, vielleicht, jemand. Du setzt sich neben mich. Lächelst mich an mit diesen Augen, diesen großen Augen mit den großen Pupillen. Du sagst was. Ich sage was. Du kicherst und legst deinen Kopf auf meine Schulter. Greifst nach der anderen Flasche und nimmst einen Schluck. Ich nehme noch einen. Ich will mich mit dir berauschen. An dir berauschen. Du hast diesen lässigen rotzigen Stil. Kein Szenekind, kein Rock'n'Roll, kein Skatergirl, kein Metal. Du bist du mit deinem gerade genug lockeren Shirt und deiner zerrissenen engen grauen Jeans. Du bist cool und du bist sexy. Ich will dir in die Augen schauen, aber irgendwie bleibt mein Blick unterhalb deines Halses hängen. Du kicherst und beugst dich zu mir vor. Berührst mein Bein. Ich will mich mit dir berauschen, an dir berauschen, will mit dir sündigen.

Aber nicht ganz profan das tun, was man auf Festivals und Partys so tut, um den Abend einen gelungenen zu nennen. Ich will radikal, tief, umfassend, absolut sündigen. Du und ich, wir wollen zusammen alle sieben Todsünden an einem Tag begehen. Und zwar jeden Tag.

Die Laken sind zerwühlt. In der Luft liegt der süße Geruch von Schweiß und Lust. Du und ich, wir liegen in einem großen Bett.

Wann wir das letzte Mal Kleidung anhatten, weiß ich nicht. *Wollust.*

Neben dem Bett liegt das ausgediente Tablett, darauf der eingerollte Geldschein und der Bibliotheksausweis auf einem Bett aus weißem Pulverstaub. *Hochmut.*

Du fährst mit deinen Fingerspitzen über meinen Rücken. Es fühlt sich gut an und doch tut es etwas weh auf den noch frischen Kratzern. *Jähzorn.*

Wir bekommen wieder Hunger. Lass uns rausgehen aus diesem Hotelzimmer und ein Restaurant in der Nähe suchen. Kommt nicht in Frage! Wir bestellen den Zimmerservice. *Faulheit.*

Das Essen kommt auf einem Wagen ins Zimmer gerollt. Wir geben dem Typen dahinter kein Trinkgeld. *Geiz.*

Wir bestellen viel mehr Essen, als wir vertilgen können. Wollen wir auch gar nicht. Die vielen Desserts mit den süßen Soßen sind nicht nur zum Essen da. Erst nach diesem Nachtisch machen wir uns über die Nudeln und den Braten, den Fisch und die Wachteleier her. *Völlerei.*

Wir dokumentieren alles, was wir treiben und wie wir es treiben, mit unseren Handykameras. Einige Videos schicken wir an unsere Ex-Partner. *Missgunst.*

Gemeinsam schlafen wir, die Herrscher über Erde und Hölle, ein.

Alleine wache ich auf.

In meinem Bett. Neben mir ein stinkender Eimer. *Hochmut.*

Halbverdaute Pommes schwimmen darin. Aber massig. *Völlerei.*

Meine Klamotten habe ich noch an. Nur die Hose ist offen. *Faulheit.*

Mein Computermonitor ist an. Pornhub. *Wollust.*

Ich gucke auf mein Handy. Eine Nachricht von Daniel. Ich schulde ihm angeblich 'ne Flasche Wodka-E. *Geiz.*

Schreibe ihm zurück, er solle sich ficken. *Jähzorn.*

Eine weitere Nachricht. Von Andreas. Ein Foto von ihm und dir. Also ihr. Ich weiß nicht mehr, wer sie war, aber eins weiß ich: Es gibt nur eine einzige Todsünde, die man sich nicht schönreden kann: *Missgunst.*

Tim Szlafmyca

Das Sündenfall-Protokoll

Pullach, Anfang 2017.

Schwer atmend rannte Werner Sczesny den langen Flur entlang. Schweiß stand auf seiner Stirn. Eventuell saß der Schweiß auch. Da Sczesny an allen so schnell vorbei spurtete, konnte man nicht genau ausmachen, ob die Schweißperlen über Stühle verfügten. Vermutlich war es in Anbetracht der misslichen Lage auch völlig unerheblich. Wenige Augenblicke nachdem er fast einen Kollegen über den Haufen gerannt hatte, stand er vor dem Büro von Bruno Kahl. Für einen kurzen Moment hielt er inne, zögerte, dann griff er mit der Linken nach der Klinke und klopfte gleichzeitig eine fast schon nachträgliche Entschuldigung mit der Rechten.

Bruno Kahl blickte genervt von seiner Arbeit hoch, seine linke Augenbraue ließ er ultracool nach oben gleiten, und hätte er eine Perserkatze auf dem Schoß gehabt, er hätte sie gestreichelt. Werner Sczesny atmete tief durch, ehe er zu sprechen begann:

»Sir, wir … wir haben ein großes Problem.«

Bruno Kahl lehnte sich zurück, bevor er antwortete: »Warum nennen Sie mich Sir? Wir sind hier beim BND, nicht bei der CIA.«

»Sie haben Recht, Herr.«

»Ja, ok, das klingt auch bescheuert, bleiben wir bei Sir.«

»Ja, Sir.«

»Worum geht es?«

»Es ist passiert. Das Sündenfall-Protokoll muss augenblicklich gestartet werden!«

»Wollen Sie damit sagen, dass … oh mein Gott. Wir wollten die Menschheit vor dieser Sünde bewahren. Erzählen Sie mir alles, was Sie wissen. Gibt es ein Bekennerschreiben? Wer ist schuld? Sie kennen die Konsequenzen, die das Sündenfall-Protokoll nach sich zieht. Wenn wir den Falschen erwischen, dann war es das. Das Ende der Welt.«

»Nach meinen Informationen wissen wir ziemlich genau, wer gesündigt hat. Jemand aus Bochum. Ein gewisser … Tim.«

»Sofort alle Flugzeugträger bereitmachen!«

»Sir, der BND hat keine Flugzeugträger!«

»Dann eben irgendwas anderes, was cool und übertrieben aussieht!«

Sczesny rannte aus dem Büro und rief sofort den Präsidenten der Vereinigten Staaten an. Dieser erklärte ihm, dass er damit gar nichts zu tun habe, woraufhin Sczesny Bundespräsident Steinmeier anrief. Bei zu vielen Hollywoodfilmen nach Feierabend konnte man das ja mal verwechseln.

Woanders. Ich saß zitternd im Seminarraum. Ob jemand merken würde, dass ich … bei Wikipedia recherchiert habe? Schließlich wird einem von den Lehrkräften immer wieder eingetrichtert, dass das eine Todsünde sei. Aber mein Gott, was sollte schon passieren, ist ja kein Weltuntergang. Nach 17 Minuten war auch schon alles vorbei, das Referat lief erstaunlich gut und mein Finger bewegte sich langsam auf den Rechtspfeil meiner Tastatur. Jetzt noch die letzte Folie mit meinen Quellen zeigen und einfach nicht darauf eingehen, dass dort unter anderem Wikipedia steht.

Es mag nach Zauberei klingen, aber tatsächlich sprang mit meinem Klick auf die Taste die Tür zum Seminarraum auf und das gleißende Licht einer Blendgranate verhinderte jegliche Sicht auf das, was der Beamer an die Wand warf. Anschließend hüllte sich der komplette Raum in Rauchschwaden. Ich spürte einen Schlag und landete schnurstracks auf dem Boden. Was ging hier nur vor? Meine Hände wurden hinter meinem Rücken fixiert und anschließend trugen mich mehrere Menschen aus dem Raum. Durch die Blendung konnte ich nicht erkennen, was hier vor sich ging.

Nach einer längeren Autofahrt konnte ich glücklicherweise wieder sehen. Wobei, ein schwarzer Sack, der mir kurz darauf über den Kopf gestülpt wurde, verhinderte jegliche Freude über die Rückkehr meiner Sehfähigkeit. Ich wurde unsanft von der Ladefläche eines Transporters gezerrt und mit einem Tritt auf die Knie gezwungen, bevor man mir endlich den stinkenden, schwarzen Sack vom Kopf riss. Vor mir stand, mit strengem Blick, Frank-Walter Steinmeier.

Er fixierte mich, dann begann er endlich zu sprechen: »Sie haben gesündigt.«

»Ich … ich … meine Güte, es hat doch jeder als Kind mal kichernd an eine Kirche gepisst. Und ja, okay, der Wortwitz mit dem Beichtstuhl, da war ich auf schnelle Lacher aus. Aber wegen der Sprüche über die Kreuzigung, also dafür können Sie mich jetzt nicht hier festnageln. Haha, verstehen Sie?«

»RUHE!«, unterbrach mich der Bundespräsident. »Sie haben heute um 10:23 Uhr an der Ruhr-Universität Bochum in einem Referat Wikipedia als Quelle benutzt. Wissen Sie überhaupt, was Sie damit angerichtet haben, oder wollten Sie einfach das Chaos sehen, welches die größte Sünde der Menschheit nach sich zieht? Die Welt wird nicht mehr die gleiche sein.«

Gerade, als ich mich rechtfertigen wollte, damit, dass ich wegen Überziehung von Leihbüchern in der Uni-Bibliothek so lange gesperrt bin, bis ich endlich die 20 Euro zahle, krachte ein hölzernes Schiff auf die Spezialeinheit, die mich gerade noch aus der Uni gezerrt hatte. Mehrere Sicherheitskräfte schnappten sich sofort den Bundespräsidenten, um ihn in Sicherheit zu bringen und ließen mich alleine vor dem Wrack des Holzschiffes zurück. Eine Horde schlecht gezeichneter Comicfiguren stieg aus dem Rumpf.

»Glück gehabt, wir sind noch rechtzeitig gekommen«, sprach der kindlich wirkende Anführer.

»Was geht hier eigentlich vor? Ich habe doch nur Wikipedia als Quelle benutzt. Die Artikel dort sind doch meist relativ gut recherchiert, inklusive Quellenangabe, und in einer Hausarbeit würde ich die Infos doch noch einmal nachprüfen. Außerdem sind die Mediendateien bei Wikimedia Commons teilweise echt gut und besonders die Bilder sind besser aufgelöst als in den uni-eigenen Datenbanken. Also: Wer seid ihr?«

»Wir sind Wiki und die recherchierenden Männer. Und du musst mit uns die Welt retten.«

Jedes Mal der gleiche Scheiß. Kann ich nicht mal in Ruhe Bier trinken, Referate halten, Biere halten, Bier trinken, Referate trinken, Referate über Halten trinken, Referate über Biere halten, Biere über Referate halten und gegebenenfalls versehentlich verschütten oder Purzelbäume machen oder rutschen und schaukeln oder so pseudoautistische Fidget-Spinner-Spinner mit Pferdeäpfeln bewerfen? Neeeein. Natürlich muss ich wieder die Welt retten.

Da das Schiff der Wiki-inger beim Aufprall auf den Van der Spezialeinheit zerborsten war, mussten wir mit der Bahn fahren. Die Zeit schien knapp, nichtsdestoweniger besorgten wir uns am Kiosk noch ein paar Capri-Sonnen und Bussi-Eis. Also dieses, welches man mit einer Schere aufschneidet, nur um sich dann mit der Plastikverpackung des Eises die Mundwinkel einzuschneiden. Es war schließlich recht warm draußen. Während wir mit der Bahn fuhren, erblickten wir durch die Scheiben Soldaten und Bereitschaftspolizisten, die Barrikaden errichteten und provisorisch Autos und Mülltonnen in Brand setzten. Ich runzelte meine Stirn, dann entrunzelte ich sie wieder, nur um sie dann wieder zu runzeln. Vielleicht könnte ich mir so eine muskulöse Stirn antrainieren und dann – gäbe es »Wetten, dass …?« noch – vor Thomas Gottschalk, Tom Hengst und Brot Pitt Bierflaschen mit meiner Stirn öffnen. Oder mit den Muskeln meiner Stirn Essen am Geschmack erkennen und deswegen Juror bei »Die Küchenschlacht« werden, wo ich eigentlich nur hinwill, weil die Rentner im Publikum bei jedem Scheiß ein »Mmmmmmmh« erklingen ließen, weil es dem Penner, der da kostenlos essen darf und nicht mal aufisst, angeblich gut schmeckt. Laute Schüsse rissen mich aus meinen Gedanken.

Wiki blickte panisch aus dem Fenster, dann zu mir herüber: »Verdammte Axt! Das Sündenfall-Protokoll ist deutlich früher in Kraft getreten, als wir befürchtet haben. Wir müssen schleunigst handeln. Hast du Internet? Oder Timternet? Was ich nur frage, damit du den blöden Witz nicht selber machen kannst.«

Ich: »Internet? Wären nicht Waffen, Panzer oder amerikanische Südstaatler sinnvoller? Was soll das da draußen überhaupt?«

Wiki: »Du hast die Welt in den Abgrund gestürzt. Das Sündenfall-Protokoll sieht vor, dass sobald jemand Wikipedia an einer Uni als Quelle nutzt, die Regierung das Land verlässt und nur noch verbrannte Erde hinterlässt. Aber wir wissen, wie wir das stoppen können.«

Ich: »Mit Internet?«

»Mit Internet.«

»Ja, und wie genau?«

»Such den Wikipedia-Artikel über Karabinerklemmknoten.«

»Und der soll helfen?«

»Nein, aber ist Artikel des Monats, der liest sich echt gut. Danach suchst du den Artikel Landschaftsschutzgebiet Salwey von westlich Ketten Wulf bis Sallinghausen mit Mündungsbereich des Esselbaches, weil ich glaube, das ist der längste Artikelname, den ich bisher gesehen habe. Und dann … dann suchen wir endlich den Artikel, mit dem wir die Welt retten.«

Ich: »Und der wäre?«

»Na, weil du gesündigt hast, ist das natürlich dein Eintrag.«

»Wiki, ich … es gibt keinen Eintrag über mich.«

»Dann, Tim, sind wir verloren.«

Woanders. Aus einem ultracoolen Hubschrauber beobachtete Frank-Walter Steinmeier, wie die Betonbauten der Ruhr-Uni nach und nach in sich zusammenbrachen. Eine Träne floss aus seinem rechten Auge, die er sich schnell wegwischte. In dieser schweren

Stunde für das deutsche Volk musste er Stärke beweisen. Dann nickte er den Soldaten neben sich zu. Sie schlossen die Seitentür des Hubschraubers und gaben den Befehl davon zu fliegen.

Zur gleichen Zeit, mitten in Rheinland-Pfalz. Verteidigungs-ministerin Ursula von der Leyen starrte nervös aus dem Fens-ter. Damals, als Studentin, hätte sie niemals gedacht, einmal in solch einer Situation zu stecken. Was wäre nur gewesen, hätte sie aus ihrem Nebenjob beim telefonischen Kundendienst eine Vollzeitstelle gemacht? Sie wäre nicht die Verteidigungsministerin, aber immer noch die gute, alte Ursula von der Hot-Leyen. Aus der Ferne hörte sie den Trommler des Bundeswehr-Musikkorps »Ba-dum tss« spielen, als könnte er Gedanken lesen. Nach einem Seufzer entfernte sie sich vom Fenster und schritt in die Kom-mandozentrale des Fliegerhorsts Büchel. Hier ist das Taktische Luftwaffengeschwader 33 stationiert, die als einziges deutsches Geschwader mit ihren Panavia-200-Tornado-Jagdbombern für den Einsatz von Atomwaffen ausgebildet sind. Kein Zufall also, dass der Fliegerhorst Büchel als der letzte Lagerort für amerika-nische Atomwaffen im Zuge der nuklearen Teilhabe genutzt wird. Die deponierten Atomwaffen müssen normalerweise erst vom Präsidenten der Vereinigten Staaten freigegeben werden. Zum Glück werden die USA aber derzeit von Donald Trump regiert. Der ruft von sich aus täglich bei Ursula von der Leyen an und fragt nach, ob sie nicht doch mal »Bumm-Krach« spielen möge.

Wenige Befehle später starteten die frisch beladenen Torna-do-Jagdbomber von Büchel und begaben sich auf die Reise Rich-tung Bochum. Das Sündenfall-Protokoll musste mit aller Härte ausgeführt werden.

Ich war mittlerweile im Bochumer Westpark angekommen. Wiki und die recherchierenden Männer habe ich in der Zwischen-zeit aus der Geschichte entfernt, weil die nicht wirklich helfen konnten und eh schlecht gezeichnet aussahen. Zum Glück hatte ich aber im Wasserturm an der Jahrhunderthalle ein Geheim-versteck, wo meine ganzen coolen Ausrüstungssachen versteckt waren. Die beginnen übrigens alle mit Tim, weil Batman hat ja auch den Batwing, das Batmobil, den Batcomputer, den Batvorleger, Batwäsche, Batwanzen, die Batpfanne und den Batbat, also einen fledermausförmigen Baseballschläger. Mühevoll kletterte ich den Wasserturm hinauf, ein Fahrstuhl wäre zu auffällig. Mein Butler, Hannelore Kraft, erwartete mich bereits. Nach irgendeiner verlorenen Wahl hatte sie einen neuen Job gesucht und da ich reich und gütig bin, hatte ich sie bei mir eingestellt und ihr zugleich einen Adelstitel verliehen. Ab da war sie nicht nur mein Butler, nein, sie war eine »von Grayskull«. Das ermöglichte mir grandiose Dialogoptionen im Haushalt, wie beispielsweise:

»Tim, wo sind denn die Gäste-Handtücher?« – »Bei der Kraft von Grayskull!«

Hannelore Kraft von Grayskull erwartete mich bereits: »Tim, gut, dass du da bist. Die Informationen auf dem Timputer überschlagen sich. Du solltest schnell in deinen Tim-Man-Anzug schlüpfen und mit dem Tim-Mobil in die Stadt fahren. Retten, was noch zu retten ist!«

Ich nickte, setzte meine Mütze auf und zog meine braune ASV-Jacke an. Augenblicklich war ich wieder Tim-Man, der in seinen Texten immer die Welt rettet und das heute sicher auch wieder schaffte und wenn nicht, kann ich es in den Texten ja dropsdem behaupten. Ich sprang auf das Tim-Mobil und sprang damit vom Wasserturm. Leider überstand das Tim-Mobil den Aufschlag nicht, da es nur ein Fahrrad war, aber zu Fuß durch den Westpark ist ja auch ganz angenehm. Aus meiner Hosentasche zückte ich das Tim-Phone und rief meinen Butler an:

»Hannelore, du musst sofort die Power Rangers und Darth Vader informieren. Ich brauche Hilfe. Also, eigentlich nicht, aber es wirkt realistischer, wenn ich den ganzen Quatsch nicht wieder alleine mache.«

»Tim, die können nicht, aber wir hätten aus China die Powder Rangers, außerdem aus dem Zwergenreich Dwarf Vader oder alternativ aus Brandenburg Dorf Vader. Ach, und die Paula Rangers. Die sind aber nur eine Vereinigung von Rangers eines Nationalparks, die zufälligerweise alle Paula heißen.«

»Es artet aus, Hannelore. Ich stoppe das einfach alleine. Wie immer.«

Kaum hatte ich das gesagt, schoss Morgan Freeman neben mir aus dem Boden. Er blickte mich gütig an, ich ihn verwirrt. Er begann zu lächeln, ich nicht. Er machte diese »Na du?«-Augenbrauenscheiße, ich rümpfte einen Nasenflügel, ohne zu wissen, ob das cool aussah, aber es wirkte in meinen Gedanken sehr bedrohlich. Morgan Freeman schien unbeeindruckt und begann schließlich, irgendetwas zu erklären, nur um kurz darauf wieder im Nichts zu verschwinden, bevor wir ein Selfie machen konnten. Egal. Ich hatte zu tun. Und auch schon wieder vergessen, was er mir eigentlich erklärt hatte. Bevor ich jedoch nur ans Verzweifeln denken konnte, breitete sich neben mir mit lautem Peitschen eine Strickleiter aus. Ich blickte gen Himmel – Hannelore hatte meinen Zeppelin, die Timdenburg aus einer alten Geschichte von mir, ausgegraben. »Wie praktisch«, dachte ich, während ich hastig die Strickleiter hinaufstieg.

»Hannelore, wir müssen nach Florida. Dort ist das Hauptquartier von Wikipedia. Wenn wir dort auf dem Server den Eintrag des Bundespräsidenten löschen, dann gibt es den ja nicht und er kann auch nicht das Sündenfall-Protokoll starten. Und wenn wir schon mal dort sind, können wir mich als neuen Bundespräsitimten eintragen. Alles, was ich gerade gesagt habe, ist totaler Quatsch, aber das müssen wir, wenn wir die Geschichte jemandem erzählen, ja nicht erwähnen.«

Oh, Huch. Das wollte ich noch rausstreichen ...

»Also, Hannelore: Es wird ein ziemlich langer Flug. Damit es nicht langweilig wird, sollten wir den in der Erzählung einfach überspringen.«

Gesagt, getan. Bevor wir aber zur Löschung kamen, musste ich noch etwas erledigen. Auf Facebook änderte ich mein Profilbild zum Förderturm des Bergbaumuseums und versah es mit dem Hashtag *#prayforbochum*. Anschließend postete ich: »Freunde sind wie Engel, die brennen. Sehen ultracool aus, sind aber auch Verschwendung, weil man den Feuerlöscher benutzen muss und ihn somit nicht als Antrieb für eine Seifenkiste nutzen kann oder um Ghostbusters zu spielen.« Nachdem ich diesen Spruch geteilt hatte und alle ihre Freunde markierten, konnte ich endlich die Welt retten.

Stunden, vielleicht auch Tage später. In meinem Tim-Man-Anzug stand ich auf dem Wasserturm und blickte, meine Seifenblasenpfeife rauchend, über die Trümmer Bochums. Mein Butler Hannelore Kraft von Grayskull erklärte sich bereit, die Stadt wiederaufzubauen und die Gedächtnisse aller Menschen zu löschen, die etwas von den Ereignissen mitbekommen hatten. Es war mir immer unangenehm, wenn Leute mitbekamen, dass ich ein Held war. Ich bin schließlich bescheiden. Alles andere, nun, wäre eine Sünde. Sagt Wikipedia.

Christofer mit F

Abraham und sein heißer Draht zum großen Boss

Düt düt düt düt düt …. düt… düt…
… *I'm beautiful in my way*
'Cause god makes no mistakes.
I'm on the right track, baby,
I was born this way …

A.: Hallo, Papa Abraham am Apparat!?
G.: Hallo Abraham, bis du dat?
A.: Ja sicher bin ich dat.
G.: Hallo Abraham, hier is Gott! Kenns mich noch?
A.: Ja sicher! Gott, dich kenn ich noch. Von letztens …
G.: Du Abraham, kanns du mir nen Gefallen tun?
A.: Ja sicher kann ich dir nen Gefallen tun. Kein Problem.
G.: Kanns du für mich dein Sohn opfern?
A.: …
A.: …
A.: … Joaaah … Sicher …
G.: Dein Sohn Isaak?
A.: …
A.: … Joah … sicher.
G.: Dein Lieblingssohn, aufem Berch, im Lande Moria, mitem Messer und so?

A.: Joar ... sicher, sicher!

G.: Na Wunderbärchen! Dat freut mich aber! Hömma Abraham, hömma, da hasse aber auch ein gut bei mir. Hömma du, ich hab aber auch wat umme Ohrn, do: allmächtig, allgütig, allwissend, unendlich ... und wenne dann kein Opfer has... aber wat erzähl ich dir? Da steckse nich drin!

A.: Nee, da steck ich wohl nich drin.

G.: Du Abraham, kannse mir vielleicht nochen Gefallen tun?

A.: Ja, sicher, mein Gebieter, sicher, sprich nur!

G.: Hömma, kannse ma diesen Scheiß-Schwuchtelklingelton von deine Handywarteschleife von dein Handy ausmachen! Ich hätt beinahe vor Schreck ne Sintflut rausgehauen. Du weiß doch, dat ich diese Leute nich abkann. Hasse schon vergessen, wat ich mit Sodom und Gomorra gemacht hab!? Hömma, Abraham, hömma, ich lass mir ja mal viel durchgehen: Du kanns meinetwegen mitem besoffen Kopp aus Versehen deine beiden Töchter nageln oder in die Sklaverei verschenken, wie dein Vetter Lot letztens. Hier und da n kleiner Genozid, alles halb so wild... Aber wenne dich noch einma nach so ne Tuntenscheiße auch nur umdrehs, hömma, da herrscht bei mir aber ganz akuter Salzsäulenerstammgsalarm, damit dat klar is. Dat sach ich dir, dooo! So, und jetzt sieh ma zu, datte dat Opfer am dampfen krichs!

A.: Jau jau, Chef.

düt düt düt düt düt ... düt ... düt ...
... No man does it all by himself.
I said: Young man, put your pride on the shelf
And just go there, to the Y.M.C.A.
I'm sure they can help you today.
It's fun to stay at the Y.M.C.A.!
It's fun to stay at the Y.M.C.A.!
They have everything for young men to enjoy,
You can hang out with all the boys ...

G.: Hallo, Gott hier!?

A.: Hallo Gott, hier is Papa Abraham am Apparat.

G.: Hallo Abraham, mein Liebling, wie gehts, wie stehts bei Dir?

A.: Ja, Gott, ich wär so weit. Wir sind hier aufem Berch im Lande Moria. Dat Messer is geschärft. Isaak hatn weißet Hemdchen an und liegt aufn Altar. Sach ma, wie wolls et denn gerne haben? Is schließlich mein erstet Menschenopfer. Aber beeil dich bitte, beeil dich bitte! Klein Isaak wird langsam nervös und wundert sich, warum er auf en Altar liegen soll und nich der Ziegenbock. Ich hab ihn gesacht, er soll den Altar für den Ziegenbock schomma anwärmen.

G.: Du Abraham, lass ma gut sein, Kanns ma ruhig dein Söhnchen vom Altar runterholen und den Ziegenbock schlachten. Ich wollte eigentlich nur ma sehen, ob du dat wirklich machen würdest. Ersma brauch ich kein Menschenopfer von dir. Is aber schön zu sehen, dat du mir die schuldige Ergebenheit entgegen brings. Astrein, ich bin tiptop zufrieden mit dir. Ich wünschte, alle Menschen wärn so. Dann müsst ich nich immer so viele von denen umme Ecke bringen. Auf das Angebot komm ich aber bei Bedarf gerne zurück.

A.: Du, Goohooott ...?

G.: Jau?

A.: Ich hätt da noch ne kleine Bitte ...

G.: Sprich nur, mein Sohn, sprich nur!

A.: Die Sache is die. Also meine Frau, dat Sarah, die is ja jetzt auch schon inne 100 Jahre alt und die Schwangerschaft, die du ihr mit 90 angedreht has, die hat ihr ja doch schwer zu schaffen gemacht. Seitdem läuft da nix... verstehße? Und dann hat se mir meine Konkubine auch noch davongejacht.

G.: Ich geb ja zu, manchma sind meine Wunder nich ganz bis zum Ende durchdacht. Naja, höhö, die Wege des Herrn sind unergründlich – manchma sogar für mich selber.

A.: Ja nun ... die Sache ist die...

G.: Sprich nich weiter, mein Sohn Abraham! Ich hab schon verstanden. Du befürchtes, dass du bald tun könntes, was dem Herrn nich gefällt – so wie es in einigen Jahren dein Ururenkel Onan passieren wird. Die Sünde des Onan ... Du verstehs schon ...

A.: Wieso? Was wird Onan denn tun?

G.: Ich red da nich gern drüber. Sagen wir so: Onan hat den Begriff des »Handwerkers« und des »Do it yourself« ganz neu interpretiert. Deswegen wird er auch ganz jung ein Herzinfarkt bekommen.

A.: Aha.

G.: Also gut, du wolls ne neue Ische haben, wenn ich dat richtich sehe. Allet klar, solls du bekommen. Aber warte noch, bis deine Frau, dat Sarah, übern Jordan geht, dann schick ich dir son richtich scharfet Gerät übern Weg, dat dir die Buchse brennt wien Dornbusch, mein Freund.

A.: Jau, Chef, wie lange wirden dat Sarah noch leben?

G.: Joa, so 27 Jährchen könnten dat noch werden.

Epilog:

Abraham tat wie ihm geheißen und wartete tapfer. Bald nachdem er Sarah beerdigt hatte, sandte ihm Gott eine Frau namens Ketura. Ihre Brüste waren so wie Zwillingsgazellen, was immer das heißen mag. Ihre Haare glänzten wie das goldene Kalb. Ihre Augen waren so klar und blau wie das Wasser der Sintflut. Ihre Haut war so weiß wie die sonnengebleichten Knochen der Philister, die König David auf dem Schlachtfeld würde verfaulen lassen. Ihr Hintern war so rund und prall wie der Apfel vom verbotenen Baum der Erkenntnis. Ihre Lippen waren so rot wie das Feuer des göttlichen Zorns über Sodom, Gomorra und Ninive und ihre Schenkel waren einladend wie das von Moses geteilte Meer. (Unnötig zu erwähnen, welches Meer – man muss die Pointen nehmen, wie sie kommen.)

Abraham starb im Alter von 175 Jahren an Auszehrung und Proteinmangel, ohne jemals die Sünde des Onan begangen zu haben. Er hinterließ eine supersexy reiche Witwe und insgesamt acht Söhne. Gott machte seine Nachkommen so zahlreich wie die Sterne am Himmel und Abraham wurde zu einer zentralen Figur in drei Weltreligionen, ob uns das jetzt gefällt oder nicht.

Vertreibung

19.07.2017

Aus dem Café Eden wurde niemand vertrieben, sondern vielmehr angezogen. MIEDYA MAHMOD teilte im intimsten Rahmen ihre diesbezüglichen Erfahrungen mit uns und erreichte Tränendrüsen wie auch Lachmuskeln. Auch JAANA REDFLOWER trafen mit akustischem 70er-Rock einen Nerv beim Publikum und regten zum Mitwippen an. Mariana Bittermann knipste fleißig Fotos.

Marock Bierlej

Vertreiben

€s war einmal ein König, finster und grimm
Sein Land war verregnet, salzig und karg
Doch der König war nicht helle, eher glimm-
Erte er im Geiste Energiesparlampenstyle
Und er rief beim Katzenquälen: »Bevor ich land' im Sarg
Soll niemand hier Freude haben bis zum letzten Tag!«

Doch da hörte er ein Schremmeln, ein Trommeln, einen Gong
Der König ließ ab von der Katze, die nun nur Kadaver
Eilte hin zum Fenster und da hört er schon den Song
Sein Volk ist nicht am Weinen, weg ist das Nordkoreaflair
Ein Spielmannstrupp spielt eig'ne Lieder und auch ein paar Cover
Das Volk legt die Arbeit nieder, geht zum Tanz und Palaver

»Was ist das bloß für Abschaum, elend Lumpenpack!
Musik ist hier verboten, nichts soll hier erklingen
Außer Arbeitslärm und Soldatenstiefelklack
Sänger, Maler, Schreiberlinge: Wehrkraftzersetzer!
Den Hammer, nicht das Tanzbein sollt ihr schwingen
Mein perfekter Staat – nichts wird mich je abbringen!«

»Nein«, rief er da, der König, »mich werdet ihr nicht stören!«
Und befahl seinen Kriegern, das Pack rauszuschmeißen
Doch wegen der Gitarren konnten sie ihn nicht hören
»Vertreiben! Vertreiben!« brüllt der cholerische Monarch
Und die Krieger eilten zu den Pferden, fahlen und weißen
Und taten, was sie dachten, der König ihnen geheißen

Und sie begannen zu striegeln
Als gelte es, was zu besiegeln
Und sie bürsteten die Pferde
Bürsteten die ganze Herde
Und sie rieben und sie rieben
Fast bis die Funken stieben
Sie taten, was der König sagte:
Fert reiben.

Und der Metal
Wird für immer da bleiben!

Tim Szlafmyca

Eines Tages

James war kein gewöhnlicher Junge, denn er war gar kein Junge, sondern ein Mann weiblichen Geschlechts mit dem neutralen Namen Brotschneidemaschine. Denn, so weiß man, wenn eine Kraft ihre Geschwindigkeit ändert, setzt ein Körper dieser Kraft mit seiner Masse einen Widerstand entgegen. Zumindest kann man das, ganz vielleicht, auf Brotschneidemaschinen beziehen. Und wenn man das kann, dann weiß man, was Trägheit ist. Weiß man, was Trägheit ist, dann kennt man Brotschneidemaschine, den seine Freunde Broma nennen, weswegen er allgemein nur Brotschneidemaschine genannt wird.

Kopfschüttelnd entstieg er dem mit Engelspisse gefüllten Loch, in dem er sich täglich wusch. Das Loch lag direkt in dem Gebirge im Tal am See der Stadt, deren benachbartes Dorf nach dem Fluss benannt ist, der bei Vollmond, bedingt durch die Gezeiten, zumeist, zumindest meiner Ansicht nach, komplett anders erscheint.

Als er sein Wams überwarf, blickte er zum Zaun, der die Lande begrenzte. Eines Tages, so nahm er sich vor, wollte er dorthin reisen, über die Grenzen dieses Zaunes hinaus Bekanntheit erlangen und mit seinen Künsten und Zaubereien Geld verdienen. Schön wäre das.

Die Schankwirtschaft seines Vetters – er war sich nie sicher, welchen Verwandtschaftsgrad Vetter eigentlich genau bezeichnete – öffnete jeden Abend zur selben Stunde. Pünktlich zum Glockenschlag eilten die von Arbeit gezeichneten Mannen herbei, um sich bei Bier und Bier ein gemütliches Bier zu genehmigen. Den CD-Player, da waren sie sich sicher, sollte man eines Tages erfinden, damit Brotschneidemaschine nicht immer nahe beim Feuer sitzen würde, um von dort aus in der Schankwirtschaft seines Vetters – möglicherweise also seines Cousins – seine Künste und Zaubereien zu präsentieren; an Jonglage zu scheitern oder mit seiner Achselhöhle Fürze nachzuahmen.

Die Zeiten waren hart. Zwar war das Land gesegnet von großem Reichtum und man war grundsätzlich ganz glücklich und hatte keinen Grund sich zu beschweren und wenn doch, dann hatte man keine Zeit dafür, denn man war die ganze Zeit arbeiten oder in der Schankwirtschaft des Vetters von Brotschneidemaschine – der möglicherweise auch sein Schwager gewesen sein könnte – um dort die harte Arbeit zumindest im Körper wegspülen zu können und dabei selig die Meinung zu vertreten, es ginge allen doch ganz gut, schließlich sei hier selbst das Gold flüssig. Doch eines Tages, so nahm man sich vor, wollte man dorthin reisen, über die Grenzen dieses Zaunes hinaus Bekanntheit erlangen und mit seinem Handwerk und Wissen Geld verdienen. Schön wäre das.

Waschbären waren entweder noch nicht erfunden oder noch nicht entdeckt, das wusste keiner, schließlich kannte man sie noch nicht, um zu wissen, ob sie entdeckt oder erfunden werden mussten. Deswegen nutze man damals noch Waschbretter am Fluss. Meistens die Frauen, die Männer mussten schließlich bei Bier und Bier ein gemütliches Bier trinken, sich dabei aufregen, dass die Frauen nichts machten, außer am Fluss zu waschen und zu tratschen; deswegen seien sie ja auch für Arbeit ungeeignet, sollte man nicht erlauben, nein, nein, Mumpitz. Das könnten schließlich auch die Kinder machen, als Erwachsene würden die das ja sowieso müssen und früh übt sich.

So hockten die Frauen also am Fluss und wuschen und tratschten und meinten, die Männer, ja, was soll man dazu groß sagen? Sitzen doch am Abend nur in der Schankwirtschaft des Vetters von Brotschneidemaschine – die beiden sind Brüder, so glaubte man – tranken bei Bier und Bier ein gemütliches Bier und regten sich über uns auf, diese faulen Bastarde, die uns für faul halten, weil wir nichts anderes machen können außer faul zu sein, weil wir nicht machen dürfen, was wir eigentlich könnten. Doch eines Tages, so nahmen sie sich vor, wollten sie dorthin reisen, über die Grenzen dieses Zaunes hinaus Bekanntheit erlangen und mit ihren Handwerken und Künsten Geld verdienen. Schön wäre das.

Wenn die Frauen wuschen und die Männer ihren Tätigkeiten nachgingen, da durften die Kinder mit Stöcken Ringe durch die Straßen treiben, sie arbeiteten schließlich nur halbtags. Manchmal, aber nur manchmal, da lungerten sie heimlich im Hofe der Schankwirtschaft des Vetters von Brotschneidemaschine – jeder weiß doch, dass Brotschneidemaschine nur ein Homunkulus ist – und leckten an der Öffnung des leeren herausgerollten Bierfasses und begannen zu fantasieren. Könnten sie schreiben, das wäre ja was, all die Fantasien festhalten und präsentieren. Doch eines Tages, so nahmen sie sich vor, wollten sie dorthin reisen, über die Grenzen dieses Zaunes hinaus Bekanntheit erlangen und mit ihrer Fantasie und Schreiberei Geld verdienen. Schön wäre das.

Neulich stand ein Mohr in der Schankwirtschaft des Vetters von Brotschneidemaschine – die beiden wären zumindest mal gemeinsam in der U-Bahn gefahren, falls sie schon sein sollte – und alle guckten sich um. Was er denn hier wolle, dieser andere? Er hatte gewaschenes Kleid und Handwerk, wie von Meisterhand gefertigt, bei sich. Und abends, da saß er dort beim Feuer und sang wohlklingend und begeisterte mit Jonglage. Man mochte, was er tat. Doch man mochte nicht, dass er es besser tat als alle anderen. Brotschneidemaschine merkte das sehr schnell und griff zur Wand. Dort entfernte er aus einer Halterung eine der Fackeln und jagte den Mohren, immer weiter, am Loch vorbei, bis zur Lücke im Zaun, durch die er ihn wieder kriechen ließ. Weg damit. Die anderen folgten ihm bis zu dieser Lücke und brüllten den Mohren hinterher. Was ihm denn einfiele, hier herzukommen und alles besser zu können.

Bevor er schließlich ging, blickte der Mohr noch einmal zurück, auf die Meute hinter dem Zaun, und sagte:

»Eines Tages kehre ich wieder, um über die Grenzen dieses Zaunes hinaus Bekanntheit zu erlangen und für meine Handwerke und Künste Geld zu verdienen und willkommen zu sein. Schön wäre das.«

Und so ging er dann.

Felicitas Friedrich

Grüner wird's nicht

Mit dir will ich raus aus gewohnten Strukturen.
Will ausbrechen aus panisch brüllenden Uhren,
aus rechtwinklig sturen Mustern
uns eine neue Heimat schustern
und nicht bei meinen Leisten bleiben.
Denn die meisten scheinen gar nicht zu merken,
wie stickig die Luft ist, die sie atmen.
Im Handumdrehen verwerfen sie die Lust auf große Taten.
Ich will mit dir an den Rand der Zivilisation.
Fernab von der Masse billiger Balkonbunker
starten wir von vorn. Da, wo jeder jeden kennt,
aber niemand uns.
Das Gras millimetergenau geschnitten,
das Gartentor einziges Grau inmitten
von Primeln und Tulpen und blauen Margeriten.
Grüner wird's nicht hinter Fachwerkbauten und Heuschobern,
die Sonne als einzig roter Punkt,
wenn wir was Neues erobern.

Romantisch ist's hier. Jwd,
ohne eigenen PKW
aufgeschmissen.
Uns wurden wohl ein paar Latten vom Zaun gerissen,

dass wir fliehen wollten in diese Walachei.
Doch ich war einfach viel zu lang dabei
im täglichen Wettbewerb,
wo man besser fährt,
wenn man schon gestern lernt,
dass man bei Anzeichen von Schwäche direkt enterbt wird.
Ich bin es leid. Ich tausch' Elektroherd
gegen ein Westernpferd.
Ich will die Kehrseite der rostigen Medaille,
will deine Arme um meine fröstelnde Taille,
wenn ich für unsere Lasagne Zwiebelscheiben schneide.
Ein tränenreicher Blick auf herrlich bergige Idylle,
ein lächelnder Eisverkäufer: »Wie immer Schoko-Vanille?«
Das ist die neue Freiheit.
Ich wusste, diese Metropolen-Skyline
war nie mein Highlight.
Unsere infrastrukturverwöhnten Füße könnten aus Blei sein
und ich ohne Eyeliner
leichengleich
blass. Der Umzug ein Meilenstein.
Weit weg von allem, was sich Stadt nennen darf,
werden Bürgersteige nicht erst hochgeklappt, wenn ich schlaf',
doch ich schreite drunter her wie unter Baldachinen,
ich wünsch' mir doch eh nicht viel mehr als Wald und Wiesen.

Und es ist alles so unverschämt schön und wie Kinderpuppen leicht.
Ich seh' zu, wie du mit deinen Fingerkuppen weich
über die besten Rezepte für Rindersuppen streichst
und überlege, ob für Zweisamkeit wohl der hintere Schuppen reicht.
Bisher glaubt' ich, ich würd' klaustrophob
in einem geregelten Leben mit Haus und Hof,
doch draußen zog
die Welt so schnell vorbei und ich weiß schon,
warum ich auf dem Land bleibe.
Oma liebt es, wenn ich Postkarten von Hand schreibe
und wenn irgendwann die Bandscheibe

nicht mehr mitmacht, ist's doch praktisch. Geb' die Privatsphäre zur
gegen Trost mit dem klügsten Kalenderspruch.   Pfandleihe
Denn es stimmt: Dieser liebliche Lavendelgeruch
entschädigt für Kopf-, Herz-, Heimweh oder Oberschenkelhals-
Und ist der letzte Baustein   bruch.
für unser Glück jetzt der Trauschein?
Oder für den Anfang doch lieber ein Hausschwein?
Es muss doch irgendwie noch grüner gehen.
Doch hässlich und rot ist das Blut, das wir sehen,
wie es spritzt aus dem Ferkel, das so schnell groß geworden ist
und mir trotz Knusprigkeit nicht schmeckt, weil's so zutraulich
                    gewesen ist.
Samstagabend und die Stimmung ist, naja, eher lauwarm.
Außer dass im Radio keine Meldung über Stau kam
und der Erkenntnis, dass der Stefan schlecht verlieren bei Mau-Mau
kreisen Gespräche brav nur um den Wetterumschwung.   kann,
Lisas Oma Inge begreift sich als Retter der Unschuld,
sie will das Kind beschützen vor jedem Jungspund
und hat damit erst recht Lisas Lust auf Kontakt geweckt,
denn die weiß längst, wo Mama die Kondome mit Geschmack
Und in der lustigen Runde   versteckt.
ist zu fortgeschrittener Stunde
»dem Joseph seine Frau ihr« Brombeerschnaps in aller Munde.
»Kind, nimm noch 'nen Vierten, drei ist 'ne Primzahl,
ich sag' dir, das bringt Unglück!« – jeder wird vital.
Man hofft, dass der Georg nicht zu sehr mit seinen Fotos aus Turin
denn das ist Inge zu aufregend, weil zu weit weg,   prahlt,
und zum Finale
noch der Gipfel an Tratsch: der Urinstrahl
von der Martha von nebenan auf dem Schwangerschaftstest
hat ein Plus enthüllt. Und keiner weiß, wer der Vater jetzt ist.
Und ich beobachte all den Honigbienchenfleiß
und begreife allmählich siedend heiß:
Das hier ist meine selbst errichtete kleine Spießigkeit.
Und man muss verstehen:

Ich hab' seit 'nem halben Jahr keinen regulär verkehrenden Bus
dabei gibt's doch hier die einzig wahre grüne Welle.   gesehen,
Keine Rotphasen zwischen Kuhweiden und Hühnerställen
und das aufregendste am Tag:
des treuen Wachhunds müdes Bellen.

Es ist der Mangel an Anonymität,
der scheinbar ein Komplott ist,
wenn um sechs Uhr früh schon jeder Hahn danach kräht,
wie nah du welchem Gott bist –
plot twist.
Ich und ein Nachwuchsgitarrist am kuscheligen Lagerfeuer,
er glaubt, dass er für 'nen Musenkuss
ein laszives Abenteuer
braucht und an meinen Busen muss
und eine forsche Hand schiebt wie zufällig meinen Rock hoch,
ich bild' mir das bestimmt nur ein: Stockbrot-
Paranoia.
Und in der Provinzkaff-Cafeteria
hängt längst mein Stadtaffenlügnerinnenstigma.
Es scheint bekannt zu sein,
dass meine Aussage irrelevant ist, mein
gesundheitlicher Zustand laut Krankenschein
heißt: Ich spinne. Die Menschen vergessen nichts
und zertrampeln Grenzen – könnten Elefanten sein.
Und dort hinten am Schleichweg brennt ein Asylantenheim.
Und niemand von hier will's gewesen sein.
»Wir meinen zwar auch, in unsere Flora und Fauna
passt nicht so 'n Schandfleck rein,
aber das war bestimmt dieser Kerl von der Laura.
Der kommt aus ›irgendwo weit weg von hier‹,
lange Haare, tätowiert,
aus sämtlichen Schemas, da fällt er raus.
Kind, achte immer auf's Elternhaus
von dem, mit dem du dir eine Welt aufbaust.
Komm mir bloß nicht nach Haus mit so 'nem kriminellen Gauner!«

Und wir? Wir schauen uns nur an und um und denken:
Grüner wird's nicht. Kann es gar nicht werden.
Aber hoffentlich wird's nicht noch brauner.

Himmel und Erde

20.09.2017

Zum vierten Mal trafen wir uns im Café Eden, um zu reden. Und zwar mit JASMIN SELL, die ihr 5. Bühnenjubiläum feierte und trotzdem mit beiden Beinen auf der Erde geblieben ist, und NO LIMIT, den der Himmel schickte, weil er mit seiner Gitarre und rotzigen Deutschpunksongs kurzfristig einsprang und dafür extra aus Köln anreiste. Die Fotos von Alexander Schneider zeugen von einem fröhlichen Abend.

Tim Szlafmyca

Herzlich-Willkommen-Bla-Gelumpe

Wir müssen r3den – Nummer 4! Endlich ist die Sommerpause rum und wir haben die Zeit sinnvoll genutzt. Wir waren einmal auswärts reden in Düsseldorf am Büdchentag. Und wir dachten uns: Wir sind in unseren ersten drei Teilen großschrittig durch die Bibel marschiert. Warum nicht auf Kontinuität scheißen, wieder zurückgehen, um uns schließlich kleinschrittig wieder nach vorne zu hangeln. So hieß WMR 1 zwar »Am Anfang war das Wort« – doch ohne eine Schöpfung wäre ein Wort ja unerschöpft. Oder so.

Also: Am Anfang war das Nichts. Das war alles. Also das Nichts. Nichts war alles. Paradox. Egal. Und danach, da kamen Himmel und Erde.

In der Schöpfungsgeschichte bietet die Bibel vielzählige Metaphern und Motive, die man wunderbar verwenden kann. Was heißt also »Himmel und Erde«?

Himmel und Erde sind quasi – Wetter und Gegend. Und Wetter und Gegend sind überall, egal, wo man hingeht. Man wird den Scheiß einfach nicht los. Wetter und Gegend sind nicht nur permanent und überall, sie sind dann oft sogar noch Grund für irgendwas.

»Hey, nachher in die Stadt, saufen?« – »Neee, nicht bei dem Wetter!«

»Hey, nachher nach Duisburg?« – »Neee, nicht in diese Gegend!«

Eine Möglichkeit gäbe es natürlich, um Wetter und Gegend mehr oder weniger zu entfliehen. Das Weltall. Doch nur um sich ein bisschen in nihilistischer Melancholie zu sonnen, ist das einerseits verdammt teuer und andererseits wird man mit hoher Wahrscheinlichkeit ziemlich abgefahren sterben. Was lernen wir daraus? Am besten immer im Raumanzug aus dem Haus gehen, man weiß ja nie, ob man spontan keine Lust mehr auf Wetter und Gegend hat. Und man sollte sich was zu lesen mitnehmen. Ich finde meine Freunde teilweise nicht mal in der Mensa. Die ist zwar auch so groß wie das Weltall, aber man hat Handyempfang.

Himmel und Erde, also Wetter und Gegend, klingen erst einmal nach Gegensätzen. Haben aber viel gemein und gehören auch irgendwie zusammen. Wie stellt man da nun einen aktuellen Bezug her? Zwei Gegensätze, die irgendwie das Gleiche sind und man wird beide nicht los?

Mir fällt da leider nichts ein. Reden wir also über Merkel und Schulz. Wer hat das TV-Duell der beiden gesehen, Hand hoch? Vielleicht hattet ihr ja den gleichen Eindruck wie ich, als würden dort Wetter und Gegend miteinander reden.

Gegend: »Wetter, sie haben alles vollgeregnet, das ist doch kacke!«

Wetter: »Aber Gegend, hättest du nicht so viele Löcher, dann wären da keine Pfützen entstanden! Du hast also dabei geholfen!«

Gegend: »Gar nicht wahr! Wetter ist doof!«

Wetter: »Nein, Gegend ist doof!«

Gegend: »Ach ja? Dann rufen wir mal den Heiko Maas an! Der entscheidet dann!«

Und während Wetter und Gegend sich gegenseitig aufzählen, was sie gemeinsam verkackt haben, müssen andere Dinge, die immer da sind und vor denen man nicht fliehen kann, bei Frank Plasberg rumhängen. Also Schwiegermutter, Hunger, das Unbehagen über den Kontostand und dieses eine kleine, flauschige Wölkchen an einem strahlend blauen Himmel.

Das kleine Wölkchen ist natürlich sympathisch, aber ob es das kleine Wölkchen schafft, dass sich am Ende das Wetter ändert oder die Gegend schöner aussieht? Das werden wir ja sehen am

Sonntag – wir haben schließlich die Wahl und sollten diese auch nutzen. Wählt das Timperium.

Himmel und Erde. Das ist also unser heutiges Motto. Was man daraus machen kann, habe ich gerade schon angerissen – selbstverständlich gibt es noch deutlich mehr Interpretationsebenen, von denen wir heute einige vorstellen möchten.

Felicitas Friedrich

Tramonto tra paesi

Jedes Mal, wenn die Sonne spätabends den Horizont berührt,
sie die Kulisse in das schönste Rot tunkt, das ihr gebührt,
du mich anschaust, leicht seitlich aus dem Augenwinkel,
unser Snack, die Weintrauben, sind schnell
weggenascht,
mit Müh' und Not hab' ich mir noch ein Krümelchen Gebäck erhascht,
befinden sich in unseren Atempausen Fragen
und ich mich in Erklärungsnot.
Ich, ich sehe gern das Rot,
doch ich bin wohl niemals genug in dich verliebt,
um zu wissen, ob das Rot in meinem Kopf in deinem das gleiche Bild
Da sitzen zwei. Verträumt, versonnen, angeschickert,   ergibt.«
mehr Zeit verronnen, als man im Blick hat,
da sitzen zwei. Wir befinden uns im Süden,
ihre Münder verzogen zum Gähnen. Die müden
Zeitgenossen
zählen Sommersprossen,
falten Servietten zu Wurfgeschossen,
begossen
das Glück mit Prosecco,
denn Geld für Chianti hatten sie nie:
sind Francesco

und Marie.
Sonst trennen sie Meilen.
Doch heute vereint, sich zu zweit zu langweilen.

Bella Italia. Für viele bloß ein Urlaubsland,
für die zwei Dreh- und Angelpunkt,
hier nimmt die Sehnsucht Überhand,
sie leben von der Hand im Mund.
Da sitzen zwei. Schauen scheinbar ins Leere,
ihr Schweigen füllt die Atmosphäre,
zu sehr trennt noch die Sprachbarriere.

Che cazzo sei? Che cazzo vuoi? Che cazzo dici?
An jeder Ecke ein Kraftausdruck.
Sie waren *amici*,
Freunde, denen's in den Fingern juckt,
brachten sich das Wichtigste bei,
lernten auf die Schnelle
das Essentielle,
wiederholten es rhythmisch als Litanei.
Marie bestellt inzwischen fast akzentfrei ihren Nachtisch,
wenn Francesco für sie einkauft, ist's aus Rücksicht vegetarisch.
Jede seiner Taten sagt *mi piaci* – ich mag dich.
Sie sagen *rosso, giallo, azzurro*, suchen im Heuhaufen die Nadel,
doch es offenbart sich durch Wissensdurst jede fremde Vokabel,
wird rot, wird gelb, wird blau,
wird weniger ungenau.
Interessant bloß, dass es im Deutschen für
die Farben nur eine Silbe gibt.
Marie will rufen, was schon Rilke schrieb:
»Alle Dinge sind dazu da, damit sie uns Bilder werden in irgendeinem
Drum schnappt sie sich Francesco in der Hoffnung,   Sinne.«
dass es was bringe,
da wollen zwei mehr Erkenntnisse über diese Welt gewinnen.

Germania. Das ist nicht nur Berlin-Mitte.
Das sind Meeresbrisen, Möwenschreie, Zechenpanoramaausschnitte,
ist in Buxtehude die Dritte
rechts, wo man zum Museum gelangte,
ist die Dortmunder Nordstadt, ist Herne-Crange.
Germania ist mehr als Bier und Weißwurst,
Lederhosen und Vereinsschwur.
»Ja, Francesco. Vielleicht hast du das gesehen,
als du durch die Schweiz fuhrst,
doch deine Heimat reduzier' ich auch nicht auf die Toscana,
weiß inzwischen gar den Unterschied zwischen Parmesan und Grana
und wie überschätzt und aufgebauscht ist dieser Hype um Pisa,
denn ohnehin viel schiefer
sind die Türme in Bologna,
wo wir Amore gemacht haben!«

Und nächster Halt: *Colonia.*
Vom Dom zum Kölsch zum Rhein. Sie waren zu fünft.
Schwester, Bruder, beste Freundin haben Nasen gerümpft,
das würde eh nicht halten,
in dem alten
Schaufenster, wo ihre Nasen sich vergruben, liegen
jetzt Anti-Aging-Tuben, Tiegel
im Kosmetiksalon. Und Stubenfliegen
schwirren stetig
um abgestorbene Erinnerungen. In Venedig
hat Marie ein Buch geschrieben
über Knaben, die die Buben lieben,
»denn was können sie, genau wie wir, dafür, wohin die Liebe fällt?
Wir wollen was sehen von dieser Welt
und machen Bielefeld
so unsicher, dass es selbst nicht mehr weiß,
ob es eigentlich existiert,
machen Oer-Erkenschwick und Wanne-Eickel
die schönsten Plätze im Revier.«

Marie liebt Capri,
weil Francesco hier zum ersten Mal »Du raubst mir den Verstand«
weil das Bergmassiv sie nicht erinnert an   hauchte,
manch erlebte Standpauke
und am Strand von Rimini
trug sie den goldenen Bikini
und Francesco ging in die Knie,
um ihre Anmut mit der Handycam einzufangen –
ein schwieriges Unterfangen,
bestrahlt der Mond auch sanft die Augen, Wangen,
Lippen, Hals und Dekolleté,
kriegt man von außen doch keine Idee,
wie Francesco sie sieht, ganz ohne Klischee –
da sitzen zwei Seelenverwandte, die laut von Urvertrauen sangen,
sie teilen sich gebrannte Mandeln und zwei Laugenstangen
und Liebe fragt nicht nach Nationen, nicht nach Sprachen oder
nicht nach Qualifikationen oder Kernkompetenzen,   Grenzen,
will die Seele nur verschonen vor der Furcht vor Konsequenzen.

Da sitzen zwei. Die Rücken steif vom unbequemen Boden,
die Fußballen sind aufgeschürft, man sieht ihren maroden
Zustand, doch sie kümmert's nicht. Sie dichten eigene Oden
an die Freude, an das Reisen, an die Lebenslust, das Fernweh,
  an Berührung, an Begeisterung, Weltschmerz und Kummer per se,
da sitzen zwei. Stillschweigend dichten sie grandiose Hymnen,
nicht für ein Land, sondern für den stato in sich drinnen,
heißt nicht nur »Staat«, sondern auch »Zustand«.
Marie erhebt die Stimme:

»Jedes Mal, wenn du und ich auf unserer Bank in die Sonne blinzeln,
werd' ich der Tatsache gewahr, dass wir vollkommen sind, Wellen
brechen, Stürme toben, doch wir sind geborgen.
Ist dir das eigentlich klar?
Wir leben mit großer Wahrscheinlichkeit noch morgen,
uns droht keine Gefahr.

Wir legen so oft so viele Kilometer zurück,
nur um uns zu sehen,
und sind wir beieinander, genießen wir's kein Stück,
weil wir gar nicht verstehen:
Es ist solch ein Privileg.
Wir machen uns freiwillig auf den Weg
und nicht, weil uns irgendjemand zwang zu flüchten,
keine Bomben, keine Waffen haben wir zu fürchten.
Hier sitzen wir. Und du rufst ›gelb‹, ich antworte mit ›giallo‹.
Wer kennt schon jeden Platz der Welt? Ich bin um den hier heilfroh,
ich sag' dir was: Ich dachte bisher irgendwie, dir wär's klar:
Ich lieb' das Meer zwar deinetwegen, aber auch *vice versa*.
Du sagst ›blau‹ und ich ›azzurro‹ und ich sehe dann ein Bild,
doch ich weiß nicht, ob's dem ähnelt, das in deinem Kopf anschwillt.
Es steht viel zwischen uns, doch weil wir's wollen,
können wir uns verständigen,
als würden wir uns Standbilder aus unserem Kopfkino aushändigen.
Doch jeder Mensch trägt
die eigene Wahrheit im Herzen drin vergraben,
sie ist nicht zu dechiffrieren durch Gleichungen, Koordinaten.
Sie macht uns zu Unikaten
und ich glaube, die Welt wär' nicht so unterkühlt,
lebten alle nach der Prämisse:
Aufrichtige Neugier und Fingerspitzengefühl
sind das Patentrezept gegen Missverständnisse.«

Marock Bierlej

Es gibt keinen Horizont

*I*ch wollte bloß hier raus,
ich wollte an den Rand der Welt,
ich wollte weit darüber hinaus,
ich wollte tun, was mir einfällt.
Also nahm ich meine Siebensachen,
um mich auf den Weg zu machen,
weg von den Drachen,
die über mich wachen.
Ich kenne nicht den Weg, ich kenne nicht das Ziel,
ich kenne nicht den Grund.
Und so laufe ich fort, laufe ich schnell,
laufe ich mir die Füße wund,
ich will vielleicht an den Horizont,
will darüber hinaus und immer weiter,
doch merke ich, nach Tagen durch Regen und Wind,
durch Blut und durch Eiter:
Die Welt ist rund.
Und wohin ich geh,
und wohin ich seh,
kommt bloß heraus,
dass ich mich im Kreise dreh.

Dabei wollte ich bloß hier raus,
ich wollte an den Rand der Welt,
ich wollte weit darüber hinaus,
ich wollte Sonne, die mich erhellt,
ich wollte Funken dicht an dicht,
ich wollte Strahlen, das ungetrübte,
das reine, das unverfälschte Licht.
Denn vor dem Horizont, da ist ein Vorhang,
eine Schicht, die uns Trübnis gibt,
die aus dem Dasein die Freude siebt,
so dass jeder nur die Trauer liebt.
Also renne ich
zum Ende des Erdballs,
das ist der Plan,
also renne ich
zum Fuß des Horizontwalls,
durchbreche ihn voll im Wahn,
also renne ich,
also springe, also verbrenne ich
in der Sonne im schönsten aller Augenblicke
und entdecke:
der Kern unserer Existenz
ist die reine Obsoleszenz.

Ich wollte bloß hier raus.
Ich wollte an den Rand der Welt,
vielleicht gar nicht darüber hinaus.
Ich wollte an diesen Punkt,
an dem der Himmel an der Erde zerschellt.
Ich wollte sehen, wie Phantasien, Wünsche und Ideen
in Ekstase auf die Erde rasen
und in einem großen Scherbenregen dann vergehen.
Ich wollte baden in der Gischt der Scherben,
bis zu den Waden
in toten Träumen waten,
ich wollte in den Erinnerungen alter Helden

und den Hoffnungen junger Mädchen sterben.
Doch die Welt, sie ist eine runde,
und so gibt es um mich herum kein Gefunkle,
während ich immer noch hier sitze ...
immer noch hier, zur bitterdunklen Stunde
und habe nur eine Scherbe, die glänzt,
und eine tiefe blutende Wunde.

Jasmin Sell

Bilderbuch

Für Matthias

Bilderbücher sind zum Anschauen da.

Manche sind zusätzlich haptisch interessant und erfüllen einen mit Wohlbehagen, wenn man sie in den Händen hält.

Sie regen einen zum Denken an, doch sie ziehen einen nicht in die Tiefe der Geschichten, welche man verspüren möchte.

Denn im Leben möchte man etwas erleben, einen Dialog über etwas führen können, der länger dauert als die kurze Betrachtung eines Bilderbuches.

Schnell wird ein Bilderbuch langweilig, wenn man mehr möchte als optische Anreize.

Besonders, wenn man merkt, dass es ein inhaltsloses Massenprodukt ist, welches durch viele Hände gleitet und schnell jedem Konsumenten zugänglich wird, sich von jedem anfassen lässt, bis es abgegriffen und usselig ist.

Nur die wenigsten Bilderbücher schaffen es, kostbare Liebhaberstücke zu werden, die man immer wieder in die Hand nimmt, sich gerne hervorholt, um darin zu versinken.

Du warst mein Bilderbuch. Gerne sah ich Dich nach dem Aufwachen an und versuchte jedes Fragment Deiner bunten Schönheit in meine Netzhaut zu brennen.

Bis ich merkte, dass Du ein Produkt bist, welches durch viele Hände parallel läuft.

Für Dich hatte ich einen Fortsetzungsband voller Geschichten zur Seite gelegt. Nun kann ich diesen nicht mehr finden, da er verloren gegangen ist.

Darf zuschauen, wie Du Dich anderen Konsumentinnen anbiederst. Konsumentinnen, die nie zu Leserinnen werden können, da ihnen die kognitiven Fähigkeiten dazu fehlen. Du bevorzugst oberflächliche Phrasen von Spruchbildern, die Deine Seiten mit etwas Leben füllen, statt zu wachsen und die Chance zu wählen, dass eine Schriftstellerin Geschichten in Deine bunte Welt bringt, die Dich zu einem interessanten Erzählband werden lassen. Die Chance, unsterblich zu werden, gibst Du auf für schnelle Vergänglichkeit.

Ich war bereit, mit Dir neue Kapitel aufzuschlagen, denn das erste unserer Geschichte war wunderschön. Das zweite Kapitel wurde zum Albtraum, als ich merkte, wie dumm ich war, und dass ich mich von blitzenden Aufmerksamkeiten hatte ablenken lassen von dem, was ich wirklich wollte.

Geschichten nur für mich, welche ich gerne anderen erzähle, weitertrage. Geschichten, die Zukunft haben, und die wir gemeinsam unseren Enkeln und Urenkeln erzählen können. Doch Du brauchtest nur kurzzeitige Beachtung, da schon die nächste in der Tür stand. Genauso verlebt, oberflächlich und verbraucht wie Du.

Ab und zu sehe ich Dich noch gerne an, doch ich bezweifle, dass es ein weiteres gemeinsames Kapitel geben wird.

Denn auch ein Leser möchte Wertschätzung, Anregung und neue Impulse, um weiter zu lesen. Neue Geschichten, die in den Bann ziehen, statt immer nur das gleiche geboten zu bekommen. Statt platter, bunter Bilder möchte ein Leser in die Welt hinausziehen und Abenteuer erleben. Gefühle fühlen dürfen, welche unterschiedlicher nicht sein könnten. Gute wie schlechte Erlebnisse mit dem Buch erfahren können. Immer wieder und immer mehr.

Ich bin dem Bilderbuchalter entwachsen. Du nicht.

Für mich wird es Zeit, loszuziehen und Dich in der Ecke verstauben zu lassen.

Vielleicht kommst Du eines Tages zu mir zurück. Sei es, weil ich dich durch Zufall wiederfinde, oder weil Du mit neu gezeichneten Seiten zu mir kommst, um sie mir zu zeigen. Doch wenn Du nicht bereit bist, die Oberflächlichkeiten hinter Dir zu lassen und mir ehrlich Deine Geschichten zu erzählen, sehe ich keine Chance für ein weiteres Kapitel.

Es kommt nicht darauf an, ob diese Geschichten perfekt oder lustig sind. Sie dürfen auch traurig oder wütend sein. Fehler dürfen durchaus gemacht werden, denn nur durch sie kann man sich optimieren, an sich arbeiten. Sie dürfen auch von verschiedenen Menschen gelesen werden. Aber einer sollte immer die Exklusivrechte des ersten Lesens haben dürfen. Sich voneinander zu erzählen bedeutet nicht, dass man sich rechtfertigt, sondern dass man sich aneinander teilhaben lässt. Dazu sind Geschichten da. Dass man in eine gemeinsame Welt versinkt, über die man sich austauschen kann. Bilderbücher sind eindimensional, aber ich mag lieber etwas mit mehr Ebenen, Vielschichtigkeiten. Etwas, das mich dazu bringt, dort zu bleiben in allen Höhen und Tiefen.

Etwas, das mich fesselnd in seinen Bann zieht, statt mich irgendwann von sich abzustoßen.

Unser erstes gemeinsames Kapitel war so faszinierend, dass ich nicht genug von Dir bekommen konnte, doch nun blicke ich auf leere Seiten, die sich nicht mehr zu füllen scheinen, denn ich bin das Wort und Du bist die Farbe. Alleine ist es nicht möglich, weitere gemeinsame Kapitel zu schreiben. Das geht nur im Einklang.

Aber ich kann meine eigenen, neuen Geschichten verfassen, denn Worte können Bilder beschreiben. Kapitel, die nur für mich alleine sind, während Du immer und immer wieder die gleichen Bilder von Dir zeigst, nur, dass die Konsumentinnen wechseln.

Irgendwann bin ich dann der Fortsetzungsroman, in den ein besonders wertvoller Mensch gerne abtaucht, ihn aufsaugt und ihn liebt. Es liegt an Dir, ob Du die Exklusivrechte bekommst, oder ob Du mich irgendwann nur im Schaufenster aus der Ferne wehmütig anschauen wirst.

Wüst und wirr

18.10.2017

Professionelle Unvorbereitet-heit und latente Aggressivität wurden unserem Thema gerecht: „Die Erde aber war wüst und wirr" (Gen 1,2) — und so war auch unsere Leseshow in ihrer fünften Auflage. Ein Tohuwabohu aus Interview und Musikim-pro (mit KAISER FRANZ) Live-Tinder und Exotik (mit CAROLIN ANNUSCHEIT aus Bayern), Lesung, Vorlesung, Stand-Up, Bier, Satire, Lachen, Lieben, Weinen, Entsetzen, Lyrik, Cola, Prosa und und und. Gar nicht cha-otisch, sondern erstaunlich vorteilhaft: die von Alexander Schneider geknipsten Fotos.

Felicitas Friedrich

Zuhause sein

Zuhause sein heißt noch man selbst sein, wenn man den Schlüssel im Schloss hört.

Es ist ein bisschen unaufgeräumt hier. Der Küchenboden klebt, der Herd riecht, als wäre mir darauf etwas angebrannt. Vielleicht riecht er so, *weil* mir darauf etwas angebrannt ist, vielleicht waren es zwei Spiegeleier. Vielleicht bin ich im Kochen nur so semigut, es schmeckt zwar meist okay, nur der Weg dorthin ist tollpatschig und mit viel Küchenpapier verbunden.

Im Türschloss dreht sich ein Schlüssel und das Geräusch heißt Du.

Zuhause sein heißt nicht zusammenzucken, wenn sich ankündigt, dass man gleich nicht mehr alleine in einer dreckigen Küche sitzen wird.

Zuhause sein heißt eine Anzeige bei wg-gesucht schalten.

Zuhause sein heißt nicht mit Bauchschmerzen in eine Wohnung zu treten, in der jemand sitzt, der mit mir »ein ernstes Wörtchen« sprechen will.

Zuhause sein heißt nicht einen Zettel auf dem Küchentisch zu finden, auf dem steht, dass wir uns HEUTE NACHMITTAG MAL UNTER 4 AUGEN AUSRUFEZEICHEN AUSRUFEZEICHEN AUSRUFEZEICHEN unterhalten müssen.

Zuhause sein heißt niemand, der Krisensitzungen einberuft mit Checklisten, abhakend, was gesagt wurde; kein Raum für freie Entfaltung, für Tage, an denen der Hormonhaushalt das einzige ist, worum man sich kümmern mag.

Zuhause sein heißt nicht funktionieren zu müssen.

Früher dachte ich, samstagabends in den eigenen vier Wänden zu sein, stünde im Ranking der gesellschaftlich nicht akzeptierten Angewohnheiten auf einer Stufe mit »Nur einmal die Woche duschen«. Samstags im Hause zu sein heißt keine Freunde zu haben, keine spannenden Geschichten, keinen Mehrwert für die Außenwelt.

Zuhause sein heißt zuzugeben, dass das alles stimmt. Und dass das ungeheuer befreiend und loslassend angenehm ist.

Zuhause sein heißt gemeinsam frische Luft und stumpfe oberflächliche Konversation zu meiden, weil wir beide Menschen hassen und davon zu profitieren, dass man es uns nicht ansieht, weil wir süß und klein sind und dass das immer noch eine der geschicktesten Taktiken ist, um Menschenhass zu kaschieren.

Zuhause sein heißt »Guten Morgen« zu grummeln, unmotiviert und authentisch, mit abstehenden Haaren und Mundgeruch, heißt Kaffee und Detoxtee und dir zu lauschen, wie du YouTube-Stars zuhörst, deren Namen ich mir genauso wenig merke wie du dir die Titel meiner Lieblings-Singer-Songwriter-Songs. Heißt bessere Laune zu bekommen nicht aufgrund des ausgewogenen Frühstücks, der erquickenden Dusche oder den 15 Minuten diszipliniertem Pilates, sondern wegen des erleichternden Toilettengangs und der anschließenden fachsimpelnden hitzigen Diskussion darüber, welche Konsistenz der Stuhlgang haben muss, um so richtig schön zufriedenstellend zu sein.

Zuhause sein heißt Debattieren über Feminismus, Psychoanalyse und Lebensmittelmotten, und zwar alles mit der gleichen Leidenschaft und Intensität. Heißt jemanden gefunden zu haben, der seinen Namen noch häufiger buchstabieren muss als ich meinen, heißt zwei Namen auf dem Klingelschild, die zusammenpassen, nicht weil sie objektiv zusammenpassen, sondern weil es halt unsere sind, und ich finde, wir passen zusammen. Deswegen ist das halt normal, deswegen ist das halt selbstverständlich, deswegen ist das halt Konsens, deswegen ist das halt so, es sieht doch gut aus, wie es da steht.

Wir sehen gut aus, wie wir da stehen, wie wir da wohnen, wie wir da Poster in die Küche kleben, wie wir da im Baumarkt Deko aussuchen, wie wir da Klos putzen und Wäsche waschen und Klamotten tauschen. Wir sehen gut aus beim Wohnen, wir fühlen uns wohl, und es heißt doch: Gut sieht aus, wer sich wohl fühlt.

Zuhause sein heißt nach dem Haaretönen knallrote Hände zu haben und sich füreinander Alibis auszudenken, falls jemand das sieht und es beim *Fit-X* nebenan wieder eine Messerstecherei gibt. Zuhause sein heißt den Beschluss für die Ehe für alle zu feiern, indem wir überlegen, jetzt ein Kind zu adoptieren, einfach nur weil wir gerne frischen Wind in der Wohnung hätten und wir doch schon lange ein Haustier wollten. Zuhause sein heißt »Wir wären das beste lesbische Elternpaar, ohne lesbisch zu sein«. Zuhause sein heißt »Dein Freund hätte schon nichts dagegen«.

Zuhause sein heißt Broccoli und Spinat essen. Meine Mutter würde der Schlag treffen, wenn sie das erführe, aber du schaffst es tatsächlich, dass ich das Pfui-Teufel-bah-Gemüse esse, und sei es nur, weil ich aus Faulheit sowieso immer so ausgehungert bin, dass ich alles futtern würde, was mir zwischen die Kiemen kommt. Zuhause sein heißt dich dahin zu wünschen, wo der Pfeffer wächst, damit du dann zurückkommen kannst und allen Pfeffer der Welt mitbringst, um unser, pardon, dein Essen – von dem ich ohnehin die Reste bekomme und ich hoffe, du lässt viel übrig! – so lange damit zu würzen, bis du endlich glücklich bist.

Zuhause sein heißt »Ich habe den ganzen Hintern voll Dinge zu erledigen, aber wir haben ja beide noch nie ›Star Wars‹ gesehen. Also lass das doch mal ändern.« Das ist nicht Prokrastinieren. Das ist Erholung, Belohnung, quality time.

Zuhause sein heißt Geschirr zu stapeln, heißt den Käse erst einzufangen, wenn er wegläuft, heißt ein Einkaufszettel mit Nudeln und Klopapier. Heißt Arbeitsteilung ganz organisch, heißt »Einen

Putzplan brauchen wir nicht«, weil wir einfach irgendwann von alleine auf die Idee kommen werden, dass Bodenwischen nicht nur nötig ist, sondern gemeinsam auch mächtig bocken kann.

Zuhause sein heißt du erträgst schiefe Ukulelenklänge aus meinem Zimmer stundenlang und ermutigst mich auch noch, nicht damit aufzuhören. Zuhause sein heißt Musikgeschmäcker kollidieren zu lassen und Toleranzgrenzen zu erproben, heißt am Morgen des 21. Juli 2017 aus meinem *und* deinem Zimmer *und* dem Bad Linkin-Park-Playlists erschallen zu hören, gleichzeitig, aber verschiedene Songs, und das passt zu diesem Tag und zu dem, was wir fühlen. Zuhause sein heißt Chaos zuzulassen in Herz und Bauch und Kopf und diesem Chaos Ausdruck verleihen zu können. Zuhause sein heißt nicht immer sicherer Hafen, heißt wüste Sturmböen und wirre Fahnen im Wind, Zuhause kann nicht immer beständig sein, Einflüsse von außen werden uns immer erschüttern. Aber Zuhause sein heißt für alles genug Tee und Auflauf mit Käse überzogen und Schnaps da zu haben. Zuhause sein heißt »Wir haben kein Alkoholproblem«. Wir haben immer genug da. Und das ist gar nicht mal so ironisch gemeint, denn hätten wir ein Alkoholproblem, wären die Flaschen ja immer leer. Zuhause sein heißt auch der erste Glühwein Anfang Oktober, aber auch nur, weil Klischees über Studierenden-WGs bedient werden müssen.

Zuhause sein heißt, durch traurige Lieder Gefühle zu signalisieren und verstanden zu werden. Heißt durch geschlossene Zimmertüren Mika Botschaften senden lassen: »I tried to live alone, but lonely is so lonely alone«, heißt bei mir eher: »I tried to live alone, but Gurkenglas aufbekommen is so schwierig alone«. Zuhause sein heißt sich beim Sex kein Kissen in den Mund stopfen zu müssen, weil ich weiß, dass, wenn ich laut bin, dich das nicht nur freut und amüsiert, sondern du einen Liveticker daraus bastelst und versuchst, zu erraten, wann ich fertig bin. Zuhause sein heißt High five beim Aus-dem-Zimmer-Kommen, heißt, dass du genau heraushörst, wann es mir nicht gefallen hat, was irgendwie beunruhigend, aber einfach ein essentieller Teil von Zuhause ist. Zuhause sein heißt »Kriegt der Frühstück?« und heißt »Nur, wenn er selber einkauft«. Zuhause sein heißt gekannt zu werden und gerade durch Reibereien und Meinungsverschiedenheiten zu jemandem zu reifen, der gerne Zuhause ist.

Zuhause sein heißt »Manchmal glaube ich, du lebst auf dem Mond, weil du so wenig kennst, was ich kenne«, dann muss ich mich vergewissern, dass das recht unwahrscheinlich ist, denn dann lebte ich ja auch dort. Zuhause sein heißt vielleicht auch hinterm Mond zu leben, am Arsch der Welt, ab vom Schuss, schlecht erreichbar, im Stiefkindviertel von Bochum, das so nah an Herne ist. Doch Zuhause sein heißt die Miete ist unschlagbar günstig, in der U-Bahn bekommt man immer einen Sitzplatz und unter uns wohnt eine Messifrau, weshalb der Flur stinkt. Nun ja, man muss Abstriche machen.

Hinterm Mond leben, dich auf den Mars schießen wollen – der Unterschied ist manchmal fein und schwer erkennbar, doch Zuhause sein heißt Akzeptanz. Heißt Zufluchtsort und Ruhepol, safe space und Kreativbüro, heißt Ideensammlung und Oase.

Heißt nicht nie streiten. Heißt nicht nie zweifeln. Heißt nicht sich nie umschauen, ob es nicht doch was Besseres gibt, doch heißt vor allem ein Leuchten in der Brust, Licht in den Augen, Luft in der Lunge, Hummeln im Hintern oder Stoppersocken an den Füßen, keine Hose an den Beinen und nur spärliche Handtücher am Körper, weil wir voreinander nichts verbergen.

Zuhause sein heißt besorgt sein ohne aufdrängen, heißt, die Hand zu reichen, ohne zu erwarten, dass sie genommen wird, heißt nicht Intervention, sondern Interaktion, heißt Unterschlupf statt Untertöne, heißt zwischenmenschliche Zwischenfälle statt zwischen den Zeilen lesen zu müssen.

Zuhause bist immer nur du, sagt Henning May. Aber was heißt hier »nur«? Du füllst Zuhause aus wie nichts, womit du dich vergleichen ließest.

Zuhause sein heißt noch man selbst zu sein, wenn man den Schlüssel im Schloss hört.

Weil erst durch dich Zuhause komplett ist.

Marock Bierlej

Ein Morgen in der Wohngemeinschaft

Tapps tapps tapps. Cornelius tappste ins Bad. Verschlafen war und hatte er. Die Reste einer angekauten Aspirintablette hingen ihm im Bart, Flecken unbekannter Provenienz zierten sein Shirt. Auf dem Weg in den keramikgetäfelten Raum lunzte er aus den Augenwinkeln in die Küche und grüßte den Küchenlappen, der an der Heizung hing. »Moin!« Cornelius schloss ab, nahm die Zahnbürste in die Hand und frug sich, warum er den Küchenlappen gegrüßt hatte. Grübel grübel schrubb schrubb schluck! Das war gar kein Küchenlappen, das war ein Mopswelpe! Zusammen mit dem Restschaum in seinem Mund schluckte Cornelius die Zahnbürste hinunter und eilte in die Küche. Tatsächlich, da wo sonst der Küchenlappen hing, hing nun ein albernes Knautschhundjunges an der Heizung!

Wie ist der denn hier hereingekommen?, frug sich Cornelius, während er das hechelnde Tier zwischen den Rippen hervorzog. »Der kam vorhin aus dem Klo gekrochen«, nuschelte Abraham im Vorbeigehen. Er hatte ein Pentagramm aus Asche auf der Stirn und schloss sich im Bad ein. Na toll, den hat Abraham bestimmt selbst angelockt, damit er diese Woche nicht putzen muss. Wie denn auch, ohne Küchenlappen?

Wie er so grübelte und in der Nase dübelte, hopste der Mopswelpe in der Küche umher und begann, diese abzuschlecken. Er fraß die Spinnen unterm Regal, aber nur zwei, denn er war ja noch klein, und spülte sie mit ein paar Schlupps aus dem Brackwasser unter der Spüle runter.

Cornelius bekam von all dem nichts mit. Er schmierte sich ein Butterbrot mit Spekulatius-und-Popel-Creme und wartete, dass Abraham aus dem Bad kam, damit er ihn durchlassen konnte.

Abraham aber war nicht doof und war zwischenzeitlich aus dem Fenster gestiegen. Er hatte zwar weder was mit dem Verschwinden des Küchenlappens zu tun noch mit dem Mopswelpen, wusste aber, dass Cornelius mit geballter Faust und ekligem Butterbrot vor dem Bad auf ihn wartete. Er hatte nämlich beim Rasieren in den Zauberspiegel geblickt und konnte so dem Autor dieser Geschichte über die Schulter schauen.

»Oh, Abraham, du Schlingel!«, sagte die attraktive Nachbarin, als Abraham durch ihr Badezimmerfenster wieder ins Haus stieg. Zumindest stellte Abraham sich das vor, denn das war angenehmer als die Realität, in welcher die Nachbarin eine schreiende Kackbratze ist.

Er verließ das fremde Bad. Aber die Wohnung, die sich dahinter verbarg, gefiel ihm. Er mochte den militärischen Stil der Einrichtung. Die Küche war genauso geschnitten wie seine und Cornelius', weshalb er sich schnell zurecht und rasch den Weg in »sein« Zimmer fand. Die Tür stand offen, sodass er einen Blick auf ein enges, gotisches Studierzimmer und einen Haufen leerer Schnapsflaschen und ja!-Orangennektar-Tetrapacks werfen konnte. Am Schreibtisch saß ein Kriegsgerät, warf die Arme in die Höhe und lamentierte:

»Habe nun, ach! Artillerie,
Kampfreiterei und Meldedienst,
Und leider auch Grenaderie!
Durchaus studiert, mit heißem Bemühn!«

Da erblickte die Maschine – halb Panzer, halb Autor, halb Goetheanspielung, ganz Mathematikunfähigkeit – dass da einer im Türrahmen stand und glotzte. »Was tust du da? Wer bist du überhaupt?«

»Ich bin Abraham, der Nachbar. Moin. Und wer bist du?«

»Heiße Leopard, Tiger gar,

und ziehe schon an die zehen Jahr,
herauf, herab und quer und krumm,
die Russen an der Nase herum.«, antwortete Panzer-Faust –
und erstarrte.

»Wa-was hast du da im Gesicht?«

»Hö, ach so, das ist ein Pentagramm, um mich gegen Teufel,
Dämonen und Kobolde zu schützen.«

»Aber es ist unterbrochen! Da, ein scharfer Schnitt an deiner
Wange, es macht die Linie nicht komplett! Sag, ist euch zufällig
neulich ein Hund zugelaufen?«

»Öhm ...«

Da ertönte der Lautsprecher an der Wand und eine Frauen-
stimme verkündete: »An alle Bewohner: Bitte begeben Sie sich zu
den Evakuierungskapseln. Irgendein Depp hat die Dämonen auf
unsere Marsstation gelassen. War ja klar. An alle Bewohner: Bitte
begeben Sie sich ...«

Der Bildschirm wird schwarz. Ein Mann um die 60, mit Tweed-
jacke, kahlem Kopf und dicker Nase erscheint. Räusper. Er rich-
tet sich an das Publikum. »Und deshalb, verehrte Damen und
Herren, sollten Sie beim Rasieren keine Zauberspiegel benutzen.
Erstens setzen Sie die 200 Milliarden teure Marskoloniemission
aufs Spiel und zweitens mögen Autoren es nicht, wenn man ihnen
beim Schreiben auf den Bildschirm schaut. Dann strafen sie die
Leser mit beschissenen Enden.«

Der Bildschirm wird wieder kurz schwarz und sendet für den
Rest des Tages das Bild einer farbenprächtigen Seegurke, die ihren
Darm ausstülpt, um sich vor Feinden zu schützen.

Tim Szlafmyca

ataxie

Wir verbleiben beim
du
bist derjenige, der mir
etwas bedeutet
doch nicht, dass wir aufhören
müssen
wir wirklich schon gehen?

immer nur 140 mit blut am finger für lange nächte
brauch ich nur dich und mich und
werthers echte
schmeckten auch noch besser
als die ganze welt
noch gegen uns war

deine haare schimmern
im rotlichtmilieu
schalten sie die herzen
aus glitzer bestehende lichter
verraten das leid
er sagt nicht, wie einsam er ist.

du bist ein kaffeefleck
auf meinem tisch
liegt ein brief
von der zeit
nimmt man sich
viel zu selten
ist man ehrlich zueinander.

ich betrachte ein verlassenes riesenrad
der wind pfeift kinderstimmen
durch prypjat
haben wir gelernt, wie gefährlich atomkraft
ist
das wirklich schon alles?

oder kommt noch mehr
von dir
hört man ein seufzen durch
nebelschwaden
auf partys
verleugnen den dreck
der sich ansammelt
in mir.

die hindenburg war aus holz
spielzeug ist das aber nicht
kunka bleibt über nacht im schrank
mir fehlt eine augenbraue
und dir fehlt ein bart
weil ich angst habe.

das flimmern
im kunstschnee
kann man keine engel zeugen
schutzprogramme für den nachwuchs
der dir fremd ist

und werden wird
und bleiben wird
bis zum schluss.

lose zappelt der gedanke
daran festzuhalten ist keine option,
was?
machst du auf der stelle fest,
ich bin der einzige hier

bei dir.

bin abhandengekommen.

Carolin Annuscheit

Fleischbeschauung –
Das Tinderexperiment

€s begann damit, dass meine beste Freundin Petra und ich Sport machen wollten. Aber Fitnessstudios liegen uns nicht. Joggen auch nicht. Eigentlich nichts, wo man sich viel oder schnell bewegen muss. Und als wir beim Yoga auf der Matte einschliefen, gaben wir auf.

Kurze Zeit später trafen wir uns in unserer Stammkneipe und ich fragte, ob sie nicht doch eine Idee für eine Sportart hätte, bei der man, wenn möglich, nicht schwitzt, sagte Petra: »Nein. Aber ich habe jetzt Tinder. Das ist wie Sport. Und man kommt nur ins Schwitzen, wenn man es darauf anlegt.«

Als ich rausging, um eine zu rauchen, drehte sich in meinem Kopf alles um die eine Frage: Sollte ich es wagen? Der Ruf der App war mir schließlich nicht unbekannt. Jemand tippte mir auf die Schulter.

»Hey Baby. Ich bin ein Drittel Italiener, ein Drittel Brasilianer und 30 Zentimeter Afrikaner. Lust auf eine Weltreise?«

»Nein!«

Damit war es entschieden, ich installierte Tinder.

Warum noch mit Idioten in der echten Welt abgeben, wenn ich sie genauso gut digital haben konnte, ohne dabei überhaupt von der Couch aufstehen zu müssen? Außerdem hatte ich schon immer ein Händchen für Leute mit Macken und/oder seltsamen sexuellen Vorlieben. So wie der Typ, der nach dem Sex sofort seine Mutter anrief, um ihr zu erzählen, dass *Es* endlich passiert sei!

Ich war gewappnet.

Tinder zu verstehen ist nicht schwer: Wenn ElitePartner für Singles mit Niveau gedacht ist, treffen sich hier die, die das immer noch für eine Handcreme halten. Es gelten die Gesetze der Natur, man(n) hat nur ein Ziel: den eigenen Samen möglichst erfolgreich zu verbreiten.

Ich wischte nach rechts und klickte weg, erhielt einen Match mit Julian, dann einen mit Paul und drei weitere mit Typen, die alle Justus hießen, in Grünwald wohnten und BWL studierten.

Mir eröffneten sich ungeahnte Möglichkeiten: Männer, die mich im echten Leben nie auch nur eines Blickes gewürdigt hätten, wollten hier mit mir sprechen – oder zumindest einmal mit mir schlafen.

Traurig aber wahr: Mein Ego schnurrte wie eine zufriedene Katze.

Ich wurde süchtig, Tinder wurde meine neue Sportart. Während andere sich ihren Kick beim morgendlichen Tennismatch holten, erhielt ich ihn stündlich bei jedem neuen Match mit Lukas, Simon, Pascal, Viktor, Philipp, Maxi, Ferdinand, Alex, Dennis oder – Asche auf mein Haupt – Kevin.

Sie alle waren auf der Suche nach ihrer Tinderella, doch ich verlor um Mitternacht keine Schuhe, höchstens die Lust, denn ich begriff schnell: So schön sie auch sind, genauso dumm sind sie auch.

Offenbar schien kein Mann mit einem IQ höher als 95 seinen Weg zum digitalen Treffpunkt der Einsamen und Paarungswilligen gefunden zu haben.

»Aber 95 von 100 ist doch voll gut?« – »Schnauze, Kevin!«

Endlich konnte ich den Spieß umdrehen. War ich früher wie eine Fleischtheke zur Grillsaison behandelt worden, so war es nun an mir, auszuwählen und wieder fallen zu lassen.
In einer schnelllebigen Welt kommen und gehen auch die Männer schnell und es läuft immer gleich:
Hey Caro, süße Bilder – Danke ich weiß.

Meeep! Falsche Antwort, Match ist gelöscht. Ich hätte sagen müssen: Danke, Süßer, das ist ja so nett von dir, du bist echt anders als alle anderen, wann darf ich dir einen blasen?

Vor allem freue ich mich, wenn ein Haustier auf dem Profilbild zu sehen ist. Ich mag süße Tiere.
Ich: *Hey, deine Katze ist cool!*
Er: *Danke, wie geht's dir? Lass doch mal treffen*
Ich: *Wird deine Katze auch da sein?*

Er löscht den Match keine 5 Sekunden später. Schade. Die Katze war wirklich süß.

Stefan oder Matthias, denn irgendwie heißen die immer alle Stefan oder Matthias, schreibt: *Wow, du bist ja heiß*
Ich: *haha dankeschön*
Er: *ich wüsste ja, was zwei heiße Leute miteinander anstellen könnten …*
Ich: *cool, wer ist die andere Person?*
BÄM #flirtenkannich

Marvin, 24, hat als erstes Foto ein Bild seines Sixpacks (ohne Gesicht).
Ein Wisch nach rechts und BÄM! Tinder sagt, Marvin und ich stünden aufeinander.
Tinder sagt, ich solle doch mal nett Hallo sagen, aber das ist gar nicht mehr nötig, denn ich habe bereits eine Nachricht von Marvin. Ich zitiere:
Hi

Ohne Smileys oder Satzzeichen.

Ich, große Freundin von Smileys und Satzzeichen, antworte:
Hi! ☺

(Man will ja freundlich wirken.)

Ab da geht alles schnell, er schreibt: *Wie gets*

Ohne h hinter dem e, geschweige denn einem Apostroph.

Ich: *Gut.*

Marvin will keine Zeit verlieren.

Er schreibt: *Sexy Bilder haste da Bock zu ficken*

Kein Komma, wieder kein Fragezeichen, die simpelsten Grundregeln der Orthographie scheinen an Marvin vorübergegangen zu sein.

Ich: *hahahaahahah*

Er: *was*

Ohne Fragezeichen.

Ich schreibe, dass er außer seinem Sixpack wahrlich nicht viel zu bieten zu haben scheint, zumindest nicht mal eine Gehirnzelle für jedes Lebensjahr.

Ich lösche den Match, trinke meinen Apfelsaft auf Ex und frage mich, ob ich vielleicht ein schlechtes Gewissen haben soll, weil ich so gemein bin.

Pah, natürlich nicht!

Es ist ja nicht so, als ob er sich auf den ersten Blick in mich verliebt hätte, als ob er sich ernsthaft für mehr interessieren würde als den Körper, den er auf meinen Bildern zu erahnen glaubt, ja als ob er sich in zehn Minuten noch an meinen Namen erinnern könnte.

Szenen dieser Art wiederholen sich. Sie löschen den Match, sobald sie mein Desinteresse bemerken, und ich mache mir nicht einmal mehr einen Spaß daraus. Es ist mir egal, dass aus den ehemals achtzig nur acht übrig sind.

Das Spiel beginnt mich zu langweilen, es reizt mich nicht mehr, denn ihnen fehlt sowohl Herz als auch Hirn. Das Einzige, was sie haben, sind Rechtschreibfehler und Samenstau und beides macht mich nicht besonders an.

Sie sind Spielzeuge für mich und ich nur ein Stück Fleisch für sie.

An dieser Stelle beende ich mein Experiment, werfe das Handy in die Ecke und nehme stattdessen mal wieder Papier und Stift in die Hand.

Vier Dinge, die ich durch Tinder gelernt habe:

1. Wenn seine Fotos nur sein Sixpack zeigen, dann hat er nicht mehr zu bieten.

2. Es wird immer einen geben, der mich für ein naives, fickbares Dummchen hält und sich mit seinen Sprüchen wie der unwiderstehlichste Charmeur überhaupt vorkommt, auch wenn er das Wort nicht einmal buchstabieren kann.

3. Ich fühle mich nicht besser, wenn ich jeden von ihnen wie austauschbare, dumme Spielzeuge behandele, und es wird auch gewisse Männer nicht daran hindern, so mit mir umgehen zu wollen.

4. Ich liebe lieber analog, denn die besten Menschen begegnen einem in der echten Welt. Vor allem dann, wenn man am wenigsten damit rechnet.

Wir müssen rEden № 6

Fiat Lux

15.11.2017

Manche behaupten, am Anfang wäre das Wort gewesen (wir bei unserer ersten Lesebühne und ein gewisser Johannes beispielsweise), was aber war dieses Wort? Fiat lux, munkelt man? Was? Es geht um Autos? Um Raubkatzen? Oder um Licht? Unser Gastduo PIA LÜDDECKE UND ERNEST präsentierten ein Live-Hörspiel, das zeitweilig so düster war, dass man sich wirklich wünschte, es möge Licht werden. Hanna Flieder und Marock Bierlej wechselten sich beim Fotografieren ab.

Marock Bierlej

Fiat Lux

Es ist zu hören: Der Mitsingteil von Iron Maidens »Fear of the Dark«. Egal welcher davon.

Der Mann zuckt zusammen und vergräbt sein Gesicht tiefer im Kragen seiner Jeansjacke, presst seine Arme fester um den eigenen Körper. Er geht allein eine enge Straße entlang, weit und breit ist niemand zu sehen, doch er hat sichtlich Angst, dass da jemand ist. Dann biegt er ab, durch ein großes schmiedeeisernes Tor in den Park. Er beschleunigt seinen Schritt, denn in dem Park ist es finster. Man kann ihn durch's Unterholz jenseits des Weges gehen sehen, Blicke folgen ihm. Der Mann ist sich sicher, dass ihn jemand beobachtet, doch wagt er es nicht, sich umzusehen. Er blickt nur stur vor seine Füße, die ihn immer schneller durch den Park tragen, nur noch wenige Meter bis zum Ausgang, zum nächsten Tor. Und dahinter wartet ... auf einmal ein blendend helles Paar Scheinwerfer. Der Mann verschränkt die Arme vor dem Gesicht, um sich vor den grellen Halogenstrahlern zu schützen. Der Motor hinter dem Leuchtenpaar brüllt, die Lichtquellen bäumen sich auf und mit einem Reifenquietschen ballert das Fahrzeug das Eisentor aus den Angeln und rast auf den Mann zu. Ehe dieser irgendwie reagieren kann, wird er von der spitz zulaufenden Schnauze des Wagens in der Mitte halbiert.

Die Kamera zeigt uns in Zeitlupe, wie der Torso durch die Lüfte
segelt, bevor eine kurz vor der Enthusiasmusexplosion stehende
Stimme aus dem Off einsetzt: »Wärst du lieber der hier …?« Wir
erhaschen noch einen Blick in das entsetzte, fliegende Gesicht des
Zerschnetzelten. »… oder der hier?« Es ist ein Auto, ein Monst-
rum von Maschine, ein Personenkraftwa-HNSINN! Der Anblick
dieser Schlittenschimäre löst direkt das schauderhafte Bild einer
geheimen Werkstatt aus, ein Hochleistungslaboratorium im
Turmzimmer einer abgelegenen Burg in Südtirol. Und darin-
nen wird die Hebebühne mit dem Prototypen bis durch's Dach
gehoben, bis es von eins punkt einundzwanzig Gigawatt purer, ja
göttlicher Energie gesegnet wird, und der kranke Wissenschaftler,
ein Diplom-Ingenieur, 18 Semester Wirtschaftsingenieurwesen –
kein Wunder, dass er verrückt und böse ist – er lacht, er lacht und
ruft: »Es lebt! *Es lebt!* Es leeebt!«

Aber all das sieht man nur vor seinem geistigen Auge, denn der
Fernseher zeigt nun weitere Szenen aus dem brutalen Alltag dieser krankhaften Ausgeburt der Individualmobilität. In schnellen
Schnitten leuchten Scheinwerfer auf. In einer dunklen amerikani-
schen Großstadtgasse. In der Wüste.

Action-Gesang wie aus einem 80er-Jahre-Zeichentrick-Intro
setzt ein. »Er bringt Licht auch in die letzte Ecke …«

Hexenwald. Folterkeller. Der Nachttisch deiner Eltern.

Eine sonore Sprecherstimme, direkt eingeflogen aus
den Hot-Wheels-Werbespot-Studios, ertönt. »Mit seiner
5000-Watt-Light-Machine!«

34 Zylinder klapottern ohrenbetäubend los, das Auto star-
tet. Fährt durch blecherne amerikanische Großstadtmülltonnen.
Durch Kakteen und Kojoten. Durch den Nachttisch deiner Eltern.

Action-Gesang: »… und jeden, der dich mal kann, zur
Strecke.«

Durch das Bett deiner Eltern. Durch den Folterkeller deiner
Eltern.

Action-Sprecher: »Mit seinen 770 Stierstärken – denn Stiere sind geiler als Pferde – (oder 1019,4 Kilowatt, der Gesetzgeber besteht auf diese Angabe), 12 Litern Hubraum …«

Action-Gesang: »Denn Hubraum ist alles!«

Action-Sprecher: »… und einem maximalen Drehmoment von 550 Newtonmetern …«

Action-Gesang: »Ist das jetzt viel oder wenig?!«

Action-Sprecher: »… macht er alle platt!«

Action-Gesang: »Jetzt mal ehrlich! Was ist überhaupt der Drehmoment?!

Action-Sprecher: »Es heißt *das* Drehmoment. … Von Null auf Hundert in 4,7 … Nanosekunden! So erwischt du deine Feinde selbst auf kurze Distanz!«

Unbeschreibliche Szenen spielen sich ab. Der Dschungel von Vietnam. Slowenische Hostels. Strände in der Normandie. In engen Hotelfluren werden zwei weibliche, junge Zwillinge, die als unzertrennlich galten, nun ja, zertrennt.

Action-Gesang, zur Melodie vom »Brave Starr«-Titellied: »Tires of the truck, gears of the Golf!«

Action-Sprecher: »Fiat Lux!«

Alle zusammen: »Fiat Lux!«

Action-Gesang, weiter bei »Brave Starr« klauend: »Strength of a van, speed of a jaguar!«

Action-Sprecher: »Fiat Lux!«

Die ganze verdammte Welt: »Fiat Lux!«

Noch einmal fährt das Gefährt vor die Kamera und bleibt vor einem Canyon stehen. Die Strahlen einer untergehenden Sonne streifen eine in Flammen stehende Stadt, doch kümmern sie sich nicht drum. Sie wollen den Fiat Lux erreichen, denn jeder kleine Lichtstrahl träumt davon, einmal vom dunkelschwarzen Lack der Karosserie, nein, der Kolosserie verschluckt zu werden.

»Fiat Lux! Maximum Overdrive – maximal übertrieben!«

Tim Szlafmyca

Sommersonntag

Es war ein Samstag im Herbst. Hansen löffelte gierig eine Linsensuppe direkt aus der Konservenbüchse. Warm machen? Das ging nicht. Samstags haben Herde geschlossen. Und sonntags die Geschäfte. Man konnte also an Samstagen nicht kochen und an Sonntagen nicht einkaufen. Was okay war. Wenn man samstags nichts kocht, ist das Zeug schließlich am Sonntag noch da, so dass man auch montags einkaufen gehen könnte. Problematisch wurde all das nur dann, wenn man sein Essen einfach kalt aß, so wie Hansen, an diesem Samstag im Herbst.

Vor seiner Fensterscheibe erhob sich über den Fluss namens Rethe die berühmte Hamburger Hubbrücke. Wollten Züge die Rethe überqueren, dann, selbstverständlich, würde Hansen dafür sorgen, dass die Brücke unten ist und kein Unglück geschieht. Wollten aber Schiffe unter der Brücke hindurch, so musste sie nach oben. Auch das zählte zu Hansens Aufgaben. Es war quasi das gute alte Rein-raus-Spiel, nur eben mit hoch-runter.

Das Rein-raus-Spiel, für Hansen nur noch eine Erinnerung. Hansen war Vater. Seine Ex-Frau, also Frau Ex-Hansen oder wie man das dann nennt, war Mutter. Daraus lässt sich schlussfolgern, dass beide Eltern waren oder dass sie, wenn jeder ein anderes Kind gehabt hätte, innerhalb dieser Ehe zumindest jeweils ein Elter waren. Natürlich auch gemeinsam Eltern, aber irgendwie auch nicht. Ein Dilemma, bei dem man hinterfragen muss, ob

derjenige, der sich den Singular Elter ausgedacht hat, überhaupt
darüber nachdachte, was er einem armen, muskulösen, attrakti-
ven, reichen, charismatischen, kreativen und bescheidenen Autoren damit eigentlich angetan hat. Es sollte aber auch nur einmal
am Rande erwähnt werden, denn in dieser Geschichte sind Frau
Ex-Hansen und Herr Hansen Eltern. Nämlich vom kleinen
Hansen, also Hansini-Bambini oder kurz Habibi Hecksberg, die
kleine Bloxe. Oder Micha. Sagen wir, er hieß Micha.

Frau Ex-Hansen, so zeigen es ihre Facebook-Fotos, ging gerne
feiern oder arbeitete als Model für Partyfotos, geschossen auf echten Partys. Und so wie es in Clubs oft riecht, da ist es doch kein
Wunder, wenn Frau Ex-Hansen samstags verkatert im Bett liegt
und morgens, vor Schichtbeginn von Herrn Hansen, den kleinen Habibi Hecksberg, die kleine Bloxe, also Micha, den Hansini-Bambini, von Hansen abzuholen vergisst.

Zum Glück aber ist die Rethe, wie auch die Hubbrücke, echt
voll supidupi schön. Hansen nahm Micha daher mit zur Arbeit
und schickte ihn nach draußen, er solle doch für seine Mutter ein
Bild von der Hubbrücke malen, welches per Magnet an einem
Kühlschrank oder an Magneto befestigt werden könnte. Ob
der kleine Micha diese Anweisungen eigentlich verstand? Nun,
irgendwie schon, denn er ging schließlich nach draußen, um zu
malen, dabei war er doch – gehörlos! Selbst wenn Herr Hansen
also eine Warn-Atombombe zündet, der kleine Micha würde
es nicht hören. Spüren ja, aber dann ist es irgendwie auch egal.
Vermutlich verfügte Herr Hansen auch über keine Warn-Atom-
bomben und ich nehme diese Annahme lieber zurück, bevor ein
US-Präsident die Hubbrücke besetzen und demokratisieren lässt,
aufgrund der atomaren Gefahr durch Herrn Hansen. Wäre der
kleine Micha nicht gehörlos, wäre der ganze Scheiß sicher auch
keine Geschichte wert. So aber kam es, dass an diesem lauen
Herbstsamstag ein Windstoß die rote Mütze Michas von dessen
Kopf und sie langsam aber sicher unter der Hubbrücke wehte.
Genau dort, wo Micha nicht sein sollte, wenn die Hubbrücke
gesenkt wird, weil, wenn er nichts hört, wie sollte Herr Hansen
ihn denn dann warnen, wenn ein Zug kommt und die Brücke

gesenkt werden müsste? In diesem Moment ertönte im Hubbrückenhebeknopfbetätigungshäuschen das Signal für einen herannahenden Zug. Was für ein Zufall!

Ein viel größerer Zufall war, dass ich zur selben Zeit in einem
herannahenden Zug saß. Ich saß auf einem Platz am Fenster und
las eine Illustrierte über die Frau von Galileo, also Gala, und runzelte diesen Teil zwischen den Augenbrauen, wodurch, glaube ich,
auch gleichzeitig die Stirn gerunzelt wurde, aber da ich nicht auf-
fallen wollte, konnte ich das nicht mit einem Spiegel nachprüfen.
Kopfschüttelnd ließ ich die Illustrierte auf meine Knie sinken und
wandte mich an die Oma, die auf dem Platz neben mir saß:
 »Wissen Sie, Oma … also nicht meine Oma, aber vielleicht
sind Sie ja die Oma von jemandem, wenn nicht, dann freuen Sie
sich doch bitte einfach darüber, dass Sie jemand endlich mal Oma
nennt. Jedenfalls: Ich lese gerade diese Illustrierte und was mir
auffällt: Es gibt kaum noch Schiffsunglücke. In letzter Zeit habe
ich viele Dokumentationen über den Bau von Schiffen gesehen
und wissen Sie, was mir dabei auffiel? Moderne Kreuzfahrtschiffe
werden in Hamburg permanent von irgendwelchen Verwandten
von Til Schweiger getauft. Und dann gehen die nicht unter. Die
Costa Condordia, nicht getauft von einem Mitglied der Familie
Schweiger, ist kaputt gegangen, aber die von Schweigers getauften
Schiffe, die schippern fröhlich durch die Weltmeere. Ich glaube ja,
das ist Trotz. Stellen Sie sich vor, Sie sind ein Schiff und Emma
Tiger Schweiger, die heißt ja wirklich so, schmeißt eine Pulle Sekt
an Ihren Rumpf und gibt Ihnen einen Namen. Da würden Sie
doch auch denken: Na, wenn ich jetzt noch sinke, dann fängt es
nicht nur scheiße an, sondern hört auch scheiße auf. Denken Sie
da mal drüber nach, die Titanic, getauft von Ernst Adolf Schweiger, die hätte den Eisberg einfach entzwei genuschelt. Mit Ausrufezeichen. Vielleicht sind die Schweigers also Schutzheilige der
Kreuzschifffahrt.«
 Die Oma erschoss sich. Ein Stück ihres Gehirns, welches an
der Scheibe klebte, zeigte mir den Mittelfinger. Es war das, wo
die neuen Informationen zum Thema Schifffahrt gespeichert wur-

den. Wie Regentropfen bahnte sich ihr Blut den Weg die Scheibe hinab. Ich putzte meine Brille ab, als plötzlich eine riesige Menschentraube um mich herumstand. Verwirrt blickte ich durch die Runde:

»Was ist denn los?«, wollte ich wissen.

Ein Mann aus der Gruppe entgegnete: »Das sehen Sie gleich, wir mussten uns nur schonmal hinstellen. Im wahren Leben kann man nicht, wie im Film, einfach Schnitte machen. Man muss sich also erst einmal hinstellen, um den Effekt zu erzeugen.«

»Verstehe«, sagte ich verständnisvoll, als die Tür zum Abteil aufgerissen wurde, der Schaffner keuchend in das Abteil stolperte und in die Menge rief: »Ist ein Superheld anwesend? Ein Funken, der das Feuer der Hoffnung erfasst? Ein Licht, welches die Dunkelheit vertreibt, in die Welt gestürzt ist? Irgendjemand, für den mir keine weiteren pathetischen Metaphern einfallen?«

Die Menschentraube bildete plötzlich, wie auf Kommando, eine Gasse zwischen mir und dem Schaffner und ich muss zugeben, der Effekt war wirklich ultracool. Ohne es zu merken, stand ich plötzlich mitten im Zug auf einem Felsen und der Superhelden-Umhang, den ich bisher nicht bemerkt hatte, wehte im Wind, den ein Fahrgast per Ventilator mitgebracht hatte. Ich blickte herüber zum Schaffner und sagte: »Eigentlich nicht. Ich habe Urlaub. Aber okay, wenn sich alle so viel Mühe geben, dann gebe ich mir auch Muh. Haha.«

Die Menschentraube krümmte sich vor Lachen und verlieh mir den Deutschen Comedypreis, bevor der Schaffner zu sprechen begann: »Nun, Folgendes, der Hansen, der hat ja einen Sohn, einen tauben Sohn ...«

»Mooooooment!«, ging ich dazwischen, »nehmen wir das einfach so hin, dass sein Sohn eine Taube ist?«.

In der Menschentraube begannen die Ersten vor Lachen zu sterben, die restlichen verliehen mir den Deutschen Tierschutzpreis, bevor der Schaffer weitersprach: »Sie sind sehr witzig, Sie sollten schreiben und auftreten. Aber, jedenfalls, der Klein-Hansen, also der Hansini-Bambini, Habibi Hecksberg, die kleine

Bloxe, also Micha, der kann ja nichts hören und seine rote Mütze ist vom Winde verweht, ha, ja, ich habe es auch gemerkt, so heißt ein Film, haha. Und ja, jedenfalls, die Sachlage ist folgende: Wenn der Hansen jetzt die Brücke senkt, um uns alle zu retten, dann stirbt sein Sohnemann. Wenn er aber seinen Sohn rettet, dann sterben wir alle. Wenn nun aber ein Superheld zugegen wäre, dann könnte er ja einfach alle retten.«

Ich schaute den Schaffer an: »Warum hat der Hansen denn nicht einfach den Zugführer angerufen, damit der bremst?«

»Nun, wissen Sie. Der Zugführer ist auch taub.«

Ich sagte fassungslos: »Bin ich denn nur von Tauben umgeben? Das ist ja wie auf dem Markusplatz in Venedig!«

In der Menschentraube begannen einige Fahrgäste, sich vor Lachen selbst zu entzünden, die restlichen verliehen mir den Deutschen Tourismuspreis, bevor der Schaffner fortfuhr: »Danach hat der Hansen mich angerufen, nur dachte ich: Wenn ich jetzt die Notbremse ziehe, dann haut es irgendwem den heißen Kaffee auf den teuren Anzug, und erklär das mal deiner Reinigung. Da ist ein Superheld doch die viel einfachere Variante.«

»Das sehe ich ein«, entgegnete ich. »Gehen wir also die Optionen durch: Entweder die Brücke geht runter, wir überleben alle, aber unter der Brücke ist dann so eine Lache aus Blut und Mus. Daraus fließt dann noch die unbeschadete rote Mütze des kleinen Hansini Bambini heraus, um Herrn Hansen quasi so ein ultimatives, filmisches *Fuck You* entgegenzuschleudern. Oder die Brücke bleibt oben, das Kind kriegt seine Mütze und wir stürzen alle in den Tod. Hat Herr Hansen etwaige rechtliche Konsequenzen bedacht? Wie viel Zeit haben wir denn noch? Ist noch genug Zeit, um uns alle zu retten?«

Der Schaffner antwortete: »Um ehrlich zu sein … ich sehe schwarz.«

Ich: »Dabei regiert in Hamburg doch Rot, die SPD.«

Die restliche Menschentraube implodierte vor Lachen und der Schaffner verlieh mir den Deutschen Kabarettpreis. Stolz und zugleich erleichtert blickte ich mich um: »Na, sehen Sie, Herr Schaffner, jetzt sind alle Fahrgäste tot. Manche Probleme lösen sich von selbst. Und den Rest, den löst der Humor. Humor löst alles. Fettflecken, Schnupfen, Sudokus, Sekundenkleber. Und das Dilemma mit dem Zug und dem tauben Kind. Außerdem, da muss man mal ehrlich sein: Die Hubbrücke ist doch gar nicht mehr in Betrieb, da gibt es jetzt eine Klappbrücke. Also wenn Herr Hansen da in dem Kabuff sitzt und Hansini-Bambini unter der Hubbrücke rumturnt, dann passiert einfach gar nichts, weil das Hubbrückenhebeknopfbetätigungshäuschen gar keinen Strom mehr hat. Sonst hätte der Hansen heute seine Linsen auch warm essen können. Ich weiß natürlich nicht, ob er Linsen isst, aber wenn, dann wäre diese Aussage ja voll auf der Meta-Ebene.«

»Aber, aber …«, stotterte der Schaffner, »wieso sitzt denn dann der Hansen da überhaupt drin?«

»Ist Ihnen nicht aufgefallen, dass Hansen genauso aussieht wie Leonardo DiCaprio? Das ist so Martin Scorsese-Shutter-Island-Scheiß. Es gibt keinen Hansini Bambini, Hansen ist Hansini Bambini und Hansini Bambini ist die Hubbrücke und die Hubbrücke ist das Kind von Ra's al Ghul, das aus dem Kerker in dem Bodenloch ohne Seil fliehen konnte. Verstehen Sie?«

»Nein, überhaupt nicht.«

»Und genau deswegen schreibe ich das doch auf. Denn was wäre schlimmer? Zu leben wie Tim – oder als guter Schriftsteller zu sterben?«

Felicitas Friedrich

Warum übers Wetter reden für mich kein Smalltalk ist

Das Mittwochabendprogramm auf Pro7 hat sich angepasst. Eigentlich steht es seit Wochen fest und zwischen Wetterlage und Fernsehausstrahlung besteht keinerlei Kausalität. Doch Sarah ist sich sicher, es hat sich angepasst.

Wenn Meredith und Derek, Ted und Stella, JD und Elliot, Ross und Rachel, Finn und Rachel sich trennen und Namen sich zu doppeln anfangen, spielt ein Streichorchester Coldplay oder Snow Patrol oder The Fray oder The Cure oder Adele und Sarahs Taschentuchbox leert sich, während sich der Mülleimer füllt.

Das Klischee vom fallenden Regen ist wahr geworden. Nervenzusammenbruch und Tränen, die ein Gesicht überfluten, Schmutz verwischen, sich mit weinenden Wolken vermischen. Laut Sven Regener hätte sie verloren, denn: »Wer als erster von weinenden Wolken spricht, verliert.« Und für sie sieht es auch ziemlich danach aus. »Weinst du oder ist es der Regen?« Keine Ahnung, was kümmert sie das schon, heute ist Mädchenabend vor der Glotze, nur dass keine Freundinnen da sind. Sie ist ein Mädchen, es ist abends, und Pärchenabende gibt es ja nicht mehr.

Es ist kein Gerücht, dass nach dem Regen wieder die Sonne scheint. Es ist kein Gerücht, dass die Ausschüttung von Vitamin D und Serotonin durch Sonnenstrahlen begünstigt werden, es ist kein Gerücht, dass es dir dann besser gehen wird.

Es ist kein Gerücht. Dating-App, lustiger Spruch, aufreizende Selfies hin und her geschickt, der Typ hat Muskeln und Tattoos und Bart, was will man mehr? Kurzer Outfitcheck mit bester Freundin: »Du siehst umwerfend aus, Süße!« Kussmund gemacht, erstes Treffen, natürlich »not interested in ONS«.

Es ist kein Gerücht, die Sonne hat sich verzogen, es ist kein Gerücht, ihr ist ein Tropfen auf die Augen geprasselt. Es ist kein Gerücht, verschmierte Mascara, Schirm vergessen, ein Schrei gen Himmel, doch plötzlich ein grellneongelber Regenschirm über ihrem Kopf. Er steht schon seit einer Weile an der Haltestelle.

Sarah trifft Matthias trifft Sonnenstrahlen von Wange zu Wange trifft Regenbögen von Ufer zu Ufer trifft Tautropfen auf Fingern ganz vorsichtig balanciert.

Der Gedanke an eine gemeinsame Zukunft bekommt ein Dach über dem Kopf im Oberstübchen zweier endorphinertränkter Sonnenanbeter. Urlaub auf den Malediven, den Seychellen, Kreta, überall, wo es schön ist, überall, wo ihre Augen aus einem favorisierten Winkel leuchten und seine Zähne sich als harmonische Komponente sanft ins Gesamtbild schmiegen.

Es ist Sommer und 30 Grad im Schatten. Es wird noch heißer, kein Ventilator, und das Leben kommt ihnen ziemlich hart vor. Was ein Sonnenstich ist, hatten sie beide nicht so richtig gewusst. Vielleicht wird man ein bisschen duselig davon wie von billigem Wein oder Verliebtheit, doch die Köpfe dröhnen, die Glieder ächzen und die Psyche streikt, als paarten sich Kater, Bergbesteigung und Rosenkrieg mit Raubüberfall, Bus verpasst und Schlafentzug.

Das Hirn ist matschig, weich, teigig bis geradezu dumm. Die Münder klappen auf und zu, als wollten sie was sagen, Laute entweichen, als ergäben sie Sinn. Womöglich sind Semantik und Syntax im Meer schwimmen gegangen und haben nur negative Botschaften auf dem Handtuch liegen lassen.

Es ist kein Gerücht, dass der Alltag der größte Feind der Abenteuerlust, der Neugier, der Motivation und der Liebe ist.

Das Heimweh lenkt ihre Gedanken nach Hause, in ihr Lieblingscafé, wo Matthias den grellneongelben Regenschirm einst nachlässig neben der Ausgangstür verlor. Da, wo es nach Biskuits und Käsekuchen riecht, Fantasie, Freunde, Bekannte, dieses und jenes, diese und jener.

Hannes rennt ohne Regenschirm durch die Tür und schnauft, tropfnass triefend stampfend riechend wie ein sich schüttelnder Hund schnauzt er die Thekenkraft an, verflucht die verspätete Bahn, den verpassten Bus, weshalb er laufen musste, sagt seiner Freundin, er will jetzt nicht berührt werden, stößt weiter Flüche aus und rastet aus, tritt gegen Türen, macht Andeutungen, das Leben habe keinen Sinn und Zweck mehr, macht denen Angst, die ihm schon länger nicht mehr nah stehen wollen. Es ist nicht das erste Mal.

Sophie hat den Regen als Chance angesehen, sie tanzt. Selbstverständlich nicht im weißen Kleid und barfuß, sie ist keine 14 mehr, fester Job, zu wenig Urlaubstage noch frei, da will sie sich nicht erkälten. Doch im Regen dick eingemummelt ein paar Schritte vor-zurück, ein Tango vielleicht oder Cha-Cha-Cha, ganz für sich. Ein Tropfen rollt ihr Nasenbein entlang, sie lacht. Zum Weinen reicht es nicht, gibt es keinen Grund, ihr ist nicht kalt, sie hatte eigentlich andere Pläne gehabt, aber dann fallen die eben buchstäblich ins Wasser, davon geht die Welt nicht unter, auch wenn viele das behaupten. Es ist nicht das erste Mal.

Hannes keucht und stöhnt und seufzt und brummt, die Sonne verbrennt seine Haut. Natürlich hat er nicht an Sonnencreme gedacht, ihm ist übel, der Kreislauf verträgt das nicht. Hannes schwitzt und stinkt, er ist nicht der einzige. Jeder hier in diesem Bus schwitzt und stinkt. Hannes fühlt sich tyrannisiert vom Leben, von den Anderen, von denen, die ihn beäugen, zuhause, unterwegs, im Amt, im Supermarkt. Er fühlt sich schmutzig und allem unterlegen. Kompensiere das, Hannes, schau, der Busfahrer steht, obwohl längst grün ist, warum zettelst du nicht einfach einen Streit an? Ach, es ist zu heiß dafür. Dann wünsche ihm lieber leise den Tod. So wie allen Menschen, das kannst du so gut.

Sophie cremt sich ein und trinkt große Schlucke aus der Wasserflasche. Sie ist verabredet heute Nachmittag, will keinen Sonnenbrand, ist vorsichtig, hat luftige Kleidung an. Ihre Haut ist empfindlich, also sorgt sie sich um sie, ihre Haut, ihren Körper, ihre Seele, sich selbst. Der Asphalt ist zu heiß zum barfuß Laufen. Schade, dass auch Socken binnen Sekunden bereits kleben würden. Drum Flip-Flops an die Füße gezogen, Labello mit Lichtschutzfaktor und ein leichtes Lied auf die Lippen gelegt. Schau, Sophie, dein Leben ist selten perfekt und vielleicht will dir jemand was Böses. Wie naiv-zuversichtlich du dein weißes Kleid zur Schau stellst. Sophie, hör auf, so fröhlich zu sein. Ach, das lohnt sich nicht, sagst du. Ja, schade, dass dir die Laune nicht so schnell verdorben wird von schmelzenden Eiskugeln.

Sarah und Matthias sind zu Hause angekommen.

Der Fernseher erzählt nichts Neues.

Der Kaffee schmeckt wie immer, viel Milch, etwas Zucker, da sind sie sich einig und das wissen sie voneinander. Das ist ja auch nicht schwer zu behalten und sie tun sich nicht schwer damit, einander zu halten.

»Schönes Wetter heute. Oder?«

»Hmmmmmm.«

Ein langgezogenes Hmm. Ein *sehr* langgezogenes Hmmmm. Lang gezogen, lang ist's her, dass sie ihm das letzte Mal die Ohren langzog, wenn er die Wäsche auf dem Boden verteilte, die nassen Schuhe nicht auszog, die Füße nicht hochnahm, wenn sie staubsaugte. Liebenswerte Macken, die hat doch jeder und so sind sie halt, die Männer. Ordnen sich nicht unter, dicke Eier, starke Muskeln. Sarah akzeptiert das. Es funktioniert doch alles irgendwie.

Doch lange war da keine Sonne mehr in ihrem Gesicht. Lange kein Sternfunkeln mehr in seinen Augen, wenn sie zur Tür hereintrat, lange keine Regenrinnsale mehr auf Wangen nach Streitereien, lange keine Sommerwindböe mehr im Herzen beim Versöhnungskuss, lange kein Wintereiszeitfrösteln mehr, wenn die andere Bettseite frei bleibt.

Denn es ist ja alles immer, wie es ist, alles eine ebene Fläche, ein sicheres Terrain, kein weißer Fleck mehr auf der Landkarte, alles windstill. Alles risikolos. Denn Herbstblätter sind braun, nicht bunt, Kastanien hebt man nicht auf, die gibt's im Supermarkt zu kaufen und Zahnstocher für Tierchen hat man eh nicht im Haus.

»Schönes Wetter heute, oder?«

Lasst das »Hhhhhhmmmmmm« abreißen. Schneidet es durch, unterbrecht es, lasst es bloß nicht zu Wort kommen!

Sprecht übers Wetter!

Sprecht über die Sonne, weil sie den Mangel von Vitamin D zu beheben vermag. Sprecht über Melatonin, weil es daran Schuld ist, dass uns nachts alles so schwermütig und trostlos vorkommt. Sprecht über Sturmwarnungen, über Tornados und darüber, dass das benachbarte Einkaufszentrum evakuiert werden musste, einfach weil es beängstigend ist, welche Macht Naturgewalten haben können. Erkundigt euch bei euren Freunden und Freundinnen in Gebieten, in denen Unwetter herrscht, nicht, ob ihre Züge regulär fahren, sondern ob sie in Sicherheit sind. Das kann man übrigens auch persönlich tun und nicht nur, indem man bei Facebook auf einen entsprechenden Button klickt.

Übers Wetter zu reden ist niemals nur Smalltalk.

Es ist sensibel sein, aufmerksam, empathisch und wachsam. Es heißt, seine eigenen Stimmungen und Launen zu kennen und einzuordnen. Es heißt, sich zu sorgen, um Mitmenschen, sich selbst, das Klima, vielleicht auch nur um die Wäsche und den Grillabend, aber Sorgen sind Sorgen und Sorgen sollte man ernst nehmen, denn sie können dich umtreiben und beschäftigen und an dir nagen.

Übers Wetter zu reden heißt Erklärungen suchen, warum manch einem der Tag verdorben wird durch Wolkenbrüche, warum manche trotz strahlendem Himmel nicht aus dem Bett kommen, warum manchmal der einzige Grund, auf die Straße zu gehen, die Aussicht auf den Anblick von leicht bekleideten Menschen ist.

Hört auf mit den Ikea-Deko-Einrichtungs-Kalenderweisheiten. Niemand sollte im Regen tanzen. Erkältungen sind ziemlich lästig. Und Wolldecken, Teetassen und Serienmarathons ziemlich nice.

Vergesst nur nicht, dass es da ein großes Licht gibt, unter dem wir alle leben. Einen Feuerball.

Wir haben es geschafft. Wir sind hier. Wir sind Naturphänomene. Wir dürfen Witterungszustände beklagen. Das ist Luxus.

Sprecht übers Wetter. Aber weint nicht deswegen. Und falls doch, denkt an das große Licht. Das kommt schon wieder. Genau wie Schokolade. Und Tee. Und Erkältungen. Es ist ein ewiger Kreislauf. Doch wir haben alle – ausnahmslos – schon jeden Regenschauer – ausnahmslos – überlebt.

Das schaffen wir nochmal. Mit ein bisschen Mut. Dem Mut, ohne Schirm vor die Tür zu gehen.

Pia Lüddecke

Der schwarze Teufel

Auszüge aus dem gleichnamigen Roman

Wir hausten damals ohne Strom und fließendes Wasser in einem uralten Bauernhaus am äußersten Zipfel einer einsamen, von Feldern, Sümpfen und Wäldern umgebenen Ortschaft mitten im westfälischen Nirgendwo. Wobei ›Nirgendwo‹ durchaus wörtlich zu verstehen war: Als territoriale Grauzone an der Grenze zwischen Kohlenpott und Münsterland tauchte die Gegend auf Landkarten nur in Form eines ominösen weißen Flecks auf.

Unser Hof befand sich am toten Ende der hinterletzten Straße, ein mit Efeu überwucherter architektonischer Schandfleck, über dem die giftigen Dämpfe der angrenzenden Moore wie eine Nebelglocke hingen.

Für meine Eltern der ideale Ort, um ihr zügelloses Leben fernab aller gesellschaftlichen Zwänge zu beginnen.

Von außen bot der Komplex einen recht normalen, wenn auch leicht heruntergekommenen Anblick. Von innen jedoch entpuppte sich das Gebäude mit seinen baufälligen Rumpelkammern und den zugigen, von Trittfallen gespickten Korridoren als

Labyrinth aus unliebsamen Überraschungen – was die Sache für meine Eltern umso spannender machte.

Hier war es also, wo ich den täglichen Kampf ums Überleben führte. Schon als kleiner Wurm sollte ich zu spüren bekommen, dass jeder falsche Schritt, jede unüberlegte Bewegung ungeahnte Konsequenzen nach sich ziehen konnte: In einem Moment ungezähmter Abenteuerlust – so nannten es meine Eltern, ich selbst würde eher von Größenwahn sprechen – war es mir gelungen, die wackelige Treppe zum Obergeschoss zu erklimmen. Krabbelnd schaffte ich es noch bis in den Ostflügel, ehe es mich durch einen Durchbruch im Boden zurück in die Tiefe riss und ich im Bierkübel meines Vaters baden ging.

»Papa!«, jammerte ich.

»Sieh nur, Luise«, johlte mein Vater. »Das Mädel ist endlich auf den Geschmack gekommen!« Dann verengten sich seine glasigen Augen zu wütenden Schlitzen – er konnte sehr wankelmütig sein. »Wie oft habe ich dem Blag schon eingebläut, es soll mich nicht ›Papa‹ nennen! Heinrich! Mein Name ist Heinrich!« Er schnaubte und sein von Natur aus blasses Gesicht bekam gefährliche rote Flecken. »Manche Kinder sind spießiger als ihre Eltern.«

»Sei nicht so streng mit ihr«, beruhigte ihn meine Mutter. »Sie ist doch erst zweieinhalb.«

Ich konnte nicht aufhören zu brüllen und mein Wehklagen verlieh den Qualen meiner kleinen Seele ebenso Ausdruck wie der durch den Sturz verursachten körperlichen Folter. An meinem dritten Geburtstag hatten meine Erzeuger genug.

»Stell dich nicht so an, geh draußen spielen«, forderte meine Mutter, Luise, die das wilde Tal jenseits des alten Schultenhofes mit einem Kinderspielplatz zu verwechseln schien.

»Sag ihr, sie soll auf dem Weg die Hühner füttern«, tönte mein Vater, Heinrich, von nebenan aus der Stube. »Wenn sie uns schon auf der Pelle liegt, kann sie wenigstens etwas dafür tun.«

* * *

Wer dem Fußpfad hinab zur Mühlenbecke folgte, kam unweigerlich an der Teufelskuhle vorbei. Dieses schwarze Loch, das sich
an einem Wegekreuz zwischen zwei knorrigen Blutbuchen auftat,
wurde so genannt, seit einem Wandersmann hier der Beelzebub
in Gestalt eines großen, schwarzen Untiers erschienen war. Die
Bäume streckten ihre ausladenden Arme an der Stelle so weit
empor, dass die Wipfel zu einer belaubten, wispernden Himmelskuppe verschmolzen, und mehr als einmal erklang im Dickicht
aus mannshohen Farnen und Schwarzdorn ein Knurren und Fauchen, dass einem das Blut in den Adern stockte.

Wann immer ich die Teufelskuhle passierte, machten sich
meine feigen Beine selbstständig. Einmal rannten sie so schnell,
dass ich unten nicht mehr rechtzeitig stoppen konnte und über
die Klippe kopfüber in das brausende Gewässer stürzte. Niemand
hatte mir das Schwimmen beigebracht, doch wie durch ein Wunder ging ich nicht unter und konnte mich in letzter Sekunde an
Land retten. Es war mein Glück. Der Bach, der an regnerischen
Tagen als reißender Strom über die Ufer trat und das Umland in
eine Sumpflandschaft verwandelte, hatte im Laufe der Jahrzehnte
schon viele Opfer gefordert. Wie ein hungriges Seeungetüm
bahnte er sich seinen Weg durch die feindliche, grüne Hölle, und
wenn im Ort geschlachtet wurde, färbten sich seine schlammgelben Fluten rostrot und spülten einen faulen Geruch mit sich.
Oberhalb der steilen Ufer war die morastige Wiese von einer
Armee aus Birken bewachsen, die im Morgennebel zu wogenden
Spukgestalten mutierten, stinkende Schlingpflanzen verwandelten sich in zischende schwarze Kobras und in den trüben, von
Schlick und Seegras durchsetzten Weihern tummelten sich an
schlechten Tagen die Krokodile.

Ich hasste die Wildnis! Hatten meine Eltern denn gar keine
Angst, dass ich in den dunklen Gefilden zwischen Löwenzahn
und Lorbeer verloren gehen könnte? Fürchteten sie nicht, dass
ich in die Teufelskuhle stürzen oder vom Strom mitgerissen werden könnte? War ich ihnen so gleichgültig? Ein einziger Fehltritt,
ein Windstoß konnte mich das Leben kosten. Das hätten sie
als pflichtbewusste Erziehungsberechtigte doch wissen müssen!

Trotzdem setzten sie mich nur allzu bereitwillig der Gefahr aus. Ja, sie waren sogar stolz darauf, ihren kleinen Frechdachs in der freien Natur aufwachsen zu sehen und ermutigten mich bei jeder Gelegenheit, hinauszugehen, die Wildnis zu erforschen und mich dabei möglichst schön schmutzig zu machen. Manchmal packten sie mich früh morgens am Schlafittchen und setzten mich ohne Frühstück an einer fremden Stelle mitten im Wald aus. Ich schlich auf Zehenspitzen durch das Unterholz, ekelte mich vor den Raupen und Spinnen, die sich an unsichtbaren Fäden von den Bäumen abseilten, und ließ meine Furcht sowie den schwelenden Hass auf meine Peiniger an wehrlosen Pflanzen aus. Doch ich fand immer wieder einen Weg zurück. Es war, als ob mich unser verwittertes, altes Haus magisch anzog. Nach solchen unfreiwilligen Exkursionen kniete ich oft noch stundenlang am Brunnen neben der Scheune, um mir den Dreck von den Händen zu schrubben. Es war eine schlimme Zeit, in der ich langsam begriff, dass das Leben kein Zuckerschlecken war.

* * *

Untermalt vom Gong der Schulglocke stakste die alte Lehrerin ins Klassenzimmer. Alles an ihr war grau und krähenartig: Mit ihrem strengen Dutt, den schmalen, blassen Lippen und der Hakennase erinnerte sie mich ein wenig an die böse Hexe aus dem zerfledderten Märchenbuch, das ich zu Hause unter der Küchenbank gefunden hatte.

»Guten Morgen, Frau Schwertfeger«, hallte es im Chor durch den Raum.

Die Alte bedachte ihre Schützlinge mit einem wohlwollenden Lächeln. Dann blieb ihr Blick an mir hängen. Sie runzelte die Stirn.

»Nanu? Wen haben wir denn da?«

Ich war es nicht gewohnt, im Mittelpunkt zu stehen und spürte, wie mir das Blut in die Ohren schoss.

»Claudia«, flüsterte ich.

»Du kleiner Strolch willst mich wohl veräppeln! Was hast du hier zu suchen?«

»Wie … wieso?«

»Weißt du denn nicht, dass die Knaben nebenan unterrichtet werden?«

»Doch«, erwiderte ich. Das hatte ich natürlich mitbekommen, auch wenn ich nicht verstand, was es mit mir zu tun hatte.

Die Lehrerin schnappte nach Luft: »Er ist also nicht nur dumm, sondern auch noch dreist!« Sie hob drohend den Rohrstock. »Raus mit dir, Struwwelpeter, bevor ich dir Beine mache!«

Ich war entsetzt. Was hatte ich falsch gemacht? Wieso nannte sie mich Peter?

Die dicke Gertrud kam mir zur Hilfe. »Frau Schwertfeger«, meldete sie sich. »Die da ist kein Junge. Die da ist die Claudia vom Schultenhof.«

»Oh. Ach so.« Die Lehrerin musterte mich ausgiebig vom Schopf bis zu den abgewetzten Schuhspitzen. Ihr Mund verzerrte sich zu einem schmallippigen Grinsen. »Da fällt der Apfel ja nicht weit vom Stamm.«

Seit diesem ersten Missverständnis hatte ich große Schwierigkeiten, in der Klasse Fuß zu fassen. Ich schrubbte den Dreck von meinen Hosen, bis die Farbe aus ihnen verblasste. Ich ließ mir Zöpfe wachsen. Um dem Unterricht besser folgen zu können, setzte ich mich an ein Pult in der ersten Reihe. Trotzdem erregte ich immer wieder Aufsehen.

»Struwwelpeter«, neckten mich die anderen Mädchen in der großen Pause und stolzierten Arm in Arm davon. Ich spielte allein in einer Ecke neben den Mülltonnen mit kleinen Steinen vor mich hin – bis einige Bengel aus dem Gebäude nebenan auf mich aufmerksam wurden.

»Wechselbalg!«, hänselten sie mich und bewarfen mich mit Mistklumpen. Ein grobschlächtiger Bursche zog mir an den Zöpfen: »Rote Haare reiß ich raus und mach mir einen Besen draus!«

* * *

In der Nacht hatte ich eine überaus beunruhigende Vision. Ich lag auf meiner Pritsche und starrte schlaflos an die Decke, oder vielmehr in Richtung Decke. Es war nämlich so dunkel, dass es keinen Unterschied machte, ob ich die Augen offen oder geschlossen hielt, und der Schlaf lastete wie Blei auf meinen mageren Gliedern. Um mich herum vernahm ich das Knistern und Knacken des Fachwerks – plötzlich vermengt mit einem rasselnden Atmen. Vor Angst konnte ich keinen Muskel rühren. Wie gelähmt lag ich da und lauschte dem unwirklichen Geräusch, das aus fremden Sphären zu mir herüberschwappte, sich zu einem einzigen Wort formte.

»Claudiaaa…«

Mein Brustkorb war wie zugeschnürt.

»Claudiaaa…«

Die Stimme klang seltsam unmenschlich, nie zuvor hatte ich Ähnliches vernommen.

»Ich weiß, dass du wach bist, Claudia.«

Ein leises Tapsen war zu hören, dann ein Rascheln, und plötzlich erklang die Stimme wieder, direkt neben meinem Kopf!

»Du fragst dich bestimmt, wie ich aus dem Stall entweichen konnte, Claudia.«

Ich japste nach Luft. Das war doch unmöglich!

»Nichts ist unmöglich«, fuhr die Stimme fort, »im Gegenteil, wenn deine Eltern wüssten, was alles möglich ist, sie würden wohl kaum noch ruhig schlafen …«

»Was willst du?«, hauchte ich angstvoll.

Ein eisiges Kichern war die Antwort.

»Was ich will? Rate doch mal!«

»Dich bei uns einschmarotzen und von hier das Böse in der ganzen Welt verbreiten?«

»Genau.« Stille. »Leider stehst du mir dabei im Weg.«

Mein Herzschlag setzte für einen Moment aus. Eine Morddrohung?! Ich hatte es immer befürchtet: Nun würde mich dieser furchtbare, lieblose Ort, bevölkert von fauchenden, zähnefletschenden Monstern das Leben kosten. Nicht einmal in meinem eigenen Zimmer war ich noch sicher.

»Nein, nein«, zischte die Stimme ungeduldig, »du wirst nicht sterben, solange ich noch Verwendung für dich habe. Ich gebe das nur ungern zu, aber du bist sozusagen mein Aufenthaltspfand. Deshalb möchte ich dir etwas vorschlagen.«

Ich keuchte: »Einen Pakt vielleicht?«

»Sagen wir mal so: Du mischst dich nicht in meine Angelegenheiten ein und trägst Sorge, dass deine Eltern nicht auf dumme Gedanken kommen. Dafür erweise ich dir, nun ja, ein paar Gefälligkeiten.«

»Gefälligkeiten?«

»Stell dich nicht blöde. Es gibt doch bestimmt etwas, das du dir aus tiefstem Herzen wünschst. Ich kann es dir beschaffen.«

Ein Wunsch? Ich sann nach. Schon lange hatte mich niemand mehr nach meinen Wünschen gefragt. Mein Kopf war plötzlich wie leergefegt.

»Dir wird schon noch etwas einfallen, Claudiaaa…«, raunte die Stimme und hoppelte auf samtenen Pfoten aus meiner Traumwelt davon.

**Weih-
nachten**

20.12.2017

Kurz vor dem Weihnachtsfest
haben wir für muckelige
Atmosphäre im Eden gesorgt.
Teelichter, Gedichte, Balladen, Plätzchen. Aber weil
wir auch höchst intellektuell
sind, haben wir natürlich
auch das Weihnachtsfest
hinterfragt. Okay, wir
haben persifliert und plump
polemisiert. Zum Glück hatten
wir mit HANNA FLIEDER und
JAY NIGHTWIND was zum
Entspannen und Nachdenken.
Außerdem haben wir unsere
erste Publikation präsen-
tiert: Ein Weihnachtsheft
mit jeweils drei Texten von
uns! Ebenfalls sehen lassen
können sich die Fotos des
Abends, die diesmal von Jan
Turek gemacht wurden.

Tim Szlafmyca

Die Bobel

Eine awesomere Variante der Bibel, geschrieben in Babel von einem Lausbubel in Gedenken an August Bebel

Es war einmal zu einem genau datierbaren Zeitpunkt an einem exakt benennbaren Ort. Dunkelheit war bereits über die Welt hereingebrochen, zumindest auf der sonnenabgewandten Seite, überall gleichzeitig kann es schließlich nicht dunkel sein, schließlich erhielt die Erde durch ihr hydrostatisches Gleichgewicht und Rotation die Form eines Ellipsoids. Andererseits würde sich nichts ändern, wäre die Erde flach. Denn dann wäre die Rückseite dunkel. Einigen wir uns auf: Dunkelheit war über dem Mariannengraben hereingebrochen, deswegen ist er aufgebrochen und sie kamen angekrochen. Die Viecher aus »Pacific Rim«. Gleichzeitig wurde durch das Loch im Mariannengraben das ganze Wasser des Pazifik abgelassen, was eine Sintebbe, also eine Negativ-Sintflut, auslöste.

Inmitten des leeren Pazifiks lag ein Schiff. Es war der Dezember im Jahr 1989 vor Tim. Wie das Schiff hieß, lässt sich heute nur mutmaßen, denn da Sektflaschen damals noch nicht erfunden waren, konnte es nicht getauft werden. Gehen wir also von einem unchristlichen Schiff aus, so ergibt sich nur eine plausible Möglichkeit, wie das Schiff geheißen haben könnte: Diagoras. Denn Diagoras von Melos war Atheist, Diagoras von Rhodos hingegen war der berühmteste Faustkämpfer der Antike, quasi der Undertaker, also der Antiketaker oder der Undertiker. Jedenfalls war das Schiff überaus awesome, blöderweise lag es aber nun inmitten des leeren Pazifiks.

Der Kapitän stand wie jeden Tag am Bug, starrte auf das Nicht-Meer und sandte eine Taube aus, versehen mit einer Nachricht an George Clooney. Vor vielen Jahren hatte der Kapitän diesen einen Film gesehen, in dem George Clooney mit einem Boot, der Andrea Gail, auf dem Atlantik Schwertfische fing. Vielleicht gäbe es dort noch Wasser und die Taube könnte welches mitbringen, damit die Diagoras pünktlich ihr Ziel erreichen würde, den Hafen von Jericho in Judäa. Kaiser Augustus hatte in jenen Tagen den Befehl erlassen, alle Bewohner des Reiches in Steuerlisten einzutragen. Dass Jericho gar keinen Hafen hat, ist für diese Geschichte vollkommen unerheblich.

Wie viele Tage mittlerweile vergangen waren, wusste der Kapitän nicht. Aus Hunger hatte er seinen Kumpanen, Freitag, den er sich von Robinson Crusoe einst ausgeliehen hatte, aufgegessen und konnte nun nicht einmal mehr anhand von Freitag die Tage weiterzählen, zumal er nicht wusste, ob Freitag auch wirklich an einem Freitag zu ihm gestoßen war oder ob es gar schon Samstag gewesen war, da er nachts mit der Diagoras ablegte, und außerdem waren zu dieser Zeit Sonnenuhren meist etwas ungenauer als tagsüber. Während er also wieder einmal sehnsüchtig auf den leeren Pazifik starrte und hoffte, dass die Taube zurückkehrte, vernahm er einen seltsamen Vorgang. Eine kleine Spinne breitete inmitten des leeren Pazifiks ein Strandtuch aus. Sie winkte ihm freundlich zu, wenngleich erwähnt werden muss, dass Winken mit mehreren Beinen statt mit einem Arm generell befremdlich statt freundlich wirken dürfte. Es war die Itsy-Bitsy-Spinne im Itsy-Bitsy-Teenie-Weenie-Honolulu-Strand-Bikini, schließlich war der Pazifik jetzt nur noch Strand, obwohl man nicht weiß, ob ohne Wasser ein Strand überhaupt ein Strand ist. Der Kapitän kletterte von Bord und fragte die Spinne, was sie hier draußen treiben würde. Sie eröffnete ihm, dass sie eigentlich als blinder Passagier mit nach Jericho wollte, dann aber während der Fahrt merkte, dass bei der Volkszählung Spinnen nicht inbegriffen seien, weswegen sie die Zeit nutzen wollte, um muskulös zu werden und vielleicht eines Tages irgendeinen von Arnold Schwarzenegger gestifteten Preis zu gewinnen.

Ob sie andere blinde Passagiere an Bord angetroffen habe, fragte der Kapitän.

Nur ein schwangeres Paar, sagte die Spinne.

Ob sie denn noch leben, fragte der Kapitän.

Natürlich, sagte die Spinne.

Ob wörtliche Rede nicht sinnvoller wäre, fragte der Kapitän.

Nein, Zeichen einzufügen sei umständlich, sagte der Autor.

Der Kapitän hob die Spinne auf seine Schulter, sie solle ihn zu dem Paar bringen, welches auf der Diagoras anscheinend ein Kind erwarten würde. Die beiden fanden die blinden Passagiere schließlich in der Luxussuite Bethlehem, die dem Kapitän zuvor nie aufgefallen war.

Wie sie denn hießen, erkundigte sich der Kapitän.

»Maria und Josef«, sagten Maria und Josef in wörtlicher Rede.

Warum er denn nicht richtig sprechen dürfte, erkundigte sich der Kapitän.

Schnauze, sagte der Autor.

Maria und Josef hatten sich, vermutlich aus Prinzip, aus den Möbeln eine Krippe und einen Esel gebaut.

»Falls mal jemand darüber schreibt«, meinten sie. »Das wirkt bescheidener.«

Als hätte die Ankunft von Kapitän und Spinne das Ereignis getriggert, kam für Maria die Zeit ihrer Niederkunft, und sie gebar einen Sohn, ihren Erstgeborenen. Sie wickelte ihn, mangels Windeln, in Geschenkpapier und legte ihn in die Krippe. Wie von Wunderhand verwandelte sich der Holzesel in eine Tafel mit den leckersten Speisen und Getränken und was einst sein baumelnder Schwanz war, wurde eine Grußkarte, auf der geschrieben stand, dass die wundersame Geburt auf der Diagoras auf ewig die Menschheit inspirieren solle, sich gegenseitig Dinge zu schenken. Hinterfragen solle man dies aber nicht, das hätte ab sofort einfach so zu sein. Der Kapitän nickte und nippte - vorzüglicher Wein. Wieso dieses Fest also nicht Wein-Nacht taufen und in den nächsten Jahren volksetymologisch zu Weihnachten verformen lassen? Alle Anwesenden applaudierten und beschlossen, genau dies zu tun.

Doch: Wie sollte die Welt davon erfahren, sie waren doch alle mit der Diagoras auf dem leeren Pazifik gestrandet? Die Viecher aus »Pacific Rim« hatte der Kapitän schon vor längerer Zeit mit einer Heugabel vertrieben – das lief gar nicht so, wie es im Film letztendlich dargestellt wurde. Dabei hätte man sie abrichten können, denn die Viecher wären sicherlich stark genug gewesen, um das Schiff eben bis nach Jericho zu tragen.

Wieder vergingen einige Tage, in denen die Diagoras stillstand, die Nächte waren kalt. Nach der Geburt des Kindes fasste der Kapitän neuen Mut und begann damit, jede Nacht ein Signalfeuer in den Himmel zu schießen, leuchtend hell, wie ein Stern. Eines Nachts schien die Verzweiflungstat zu fruchten, erblickte er doch in der Ferne drei daherkommende Gestalten, die anscheinend Geschenke bei sich trugen und große Fahnen, auf denen die Buchstaben CMB zu erkennen waren. Der Kapitän schmunzelte: Christus mansionem benedicat? So ein Quatsch, was wollen denn die Sternsinger hier und wieso soll Christus jetzt schon das Haus segnen, wenn er doch gerade erst geboren wurde?

Die drei erreichten die Diagoras und stellten sich höflich vor: Clinton, Monroe, Bush. Sie wären keine Sternsinger, sondern Stars & Stripes Singers, ehemalige US-Präsidenten, die den Messias begrüßen und beschenken möchten.

Was sie denn für Geschenke hätten, fragte der Kapitän.

Demokratie, Freiheit und Pabst Blue Ribbon, antworteten CMB unisono.

Was das Kind mit der Scheiße denn solle, fragte der Kapitän.

Das Bier nehme ich, sagte der Autor.

Wie kannst du es wagen, antworteten CMB unisono.

Ob sie mich oder den Kapitän meinen, erkundigte sich der Autor.

CMB zuckten mit der Schulter (sie teilten sich zu dritt eine) und unterstellten dem Kapitän und dem Autor den Besitz von Massenvernichtungswaffen, weswegen sie begannen, gegen die Diagoras zu treten, zu spucken, zu pinkeln. Als all das nichts nützte, ging Bush in Flammen auf, um das Schiff zu verbrennen. Das war zu viel. Bei all diesem Frevel, der nun auch noch in einem brennenden Bush mündete, musste der Autor handeln. Wütend stieg er von seiner Wolke, breitete seine Arme aus und schwebte zu einem ultracoolen Lied gen Italien. Hihi. Nein, gen Erde. Aus seinen Fingerspitzen schossen Blitze, die die herannahenden Wolken kitzelten, bis diese sich über den Pazifik ergossen. Immer weiter füllte sich das einst leere Meer mit einer gelben Flüssigkeit. Der Kapitän begriff, was hier vor sich ging – der Autor ließ Bier regnen. Und aus Brot machte er Pizza. Die Präsidenten ertranken in den gelben Tränen der Göttlichkeit und wurden fortgespült, weit weg von der Diagoras, die nun gemütlich schwankend auf dem spontan in Bierzifik umgetauften Weltmeer lag. Wieder einmal hatte ein Autor die Welt ein bisschen besser gemacht.

Autoren als solche sind zwar reiche Leute, jedoch war die schier endlose Menge an Bier durchaus teuer, weswegen sich der Autor von Maria und Josef zusichern ließ, dass die Rechte einer Verfilmung des Lebens ihres Sohnes an Mel Gibson fallen. Nachdem alles Vertragliche geklärt war, machte sich die Diagoras endlich auf den Weg an ihr ursprüngliches Ziel. Weihnachten war gerettet.

Und wenn sie in dieser Geschichte nicht gestorben sind, dann irgendwann danach.

Felicitas Friedrich

»A wonderful dream of love and peace for everyone«

oder »We are the world, we are the children, we are the ones who make a brighter day, so let's start giving«

Also, wenn du mich fragst, finde ich ja, es ist total leicht, sich
vegan zu ernähren«,
sagt Vanessa.
Und ihr Gegenüber weiß, es wäre eigentlich besser
zu schweigen,
doch kann sich gegen den Drang nicht wehren,
ihr mitzuteilen,
dass niemand sie gefragt hat.
Sie hat ja nicht Unrecht.
Und das weiß sie auch.
Leider.
Sie pocht auf ihre Meinung wie'n Buntspecht,
sie hat viele Dokus gesehen
und meint, man müsse doch ihre Sorge um den Globus verstehen,
doch keinen juckt es –

»Das hier ist eine Party, Vanessa.
Nicht der richtige Ort, um eine flammende Rede zu üben,
sitzt da, als könntest du kein Wässerchen,
aber umso mehr die Stimmung hier trüben!«
Darauf erstmal Nahrung für die Nerven
und sie greift in die Tüte,
ganz trotzig und wütend,
kann sich kaum noch beherrschen,
sie ist sonst mehr Genuss- als Gelegenheitsesser,
»aber Vanessa«,
bemerkt Josephine,
»ist in Gummibärchen nicht Gelatine?«

Für Vincent ist Toleranz der Schlüssel zum Frieden,
weil dort die Grundsteine für progressives Leben liegen,
kein Fußbreit den Faschisten,
null Mitleid für Rassisten,
er setzt sich ein
für die, die fliehen,
in ein neues Heim
hilft er einzuziehen.
Vincent ist einer der Guten.
Und das weiß er auch.
Er ist stolz auf das, was er tut, denn
die Welt verbessern macht ein schönes Gefühl im Bauch,
er weiß, dass er für seine Freunde ein Held ist,
ein Jesus, ein Elvis
und er fängt an
mit dem, was er ihnen alles schenken kann.
Für die Party am Freitag
erkämpft er ihnen beinhart
die neusten Fetzen vom Primark,
weil er dort diese nette Verkäuferin Kim kennt,
ja, der Vincent
ist insgeheim ziemlich scharf, oh,
auf Kims Mitbewohnerin Thao,

denn eine Asiatin hatte er noch nie im Bett
und das macht vielleicht die Enttäuschung wett,
letztens die Abfuhr von der Schwarzen,
wo war er da hineingeraten?
Sie sprang nicht an auf Komplimente für ihren Schokoteint,
da half nicht mal die Aussicht auf sein Coq au vin,
er wollte nur nett sein, und dann diese Drohgebärden –
man kennt das ja. Menstruationsbeschwerden.

Janina kämpft mit Fäusten und Grips
gegen jeden neuen Sexist,
der ihren Weg kreuzt, ganz gewiss,
wehrt sich gegen »Mäuschen« und »Bitch«,
sie will kein »Määääädchen« sein wie in dem Neunzigerhit,
sie hört nicht gern, dass sie das schwache Geschlecht sei,
setzt sich für ihr Menschenrecht ein
und jedes männliche Dreckschwein
würde sie am liebsten einkerkern.
Ihm auf die Ohren hauen mit Argumentationsverstärkern:
rape culture, gender pay gap, slut shaming,
frühkindliche Fehlerziehung, victim blaming,
in jeder Diskussion, in der's was zu gewinnen gibt,
lässt sie möglichst keine Zeit verrinnen, sie
ist in love mit dem Binnen-I.
Und was sie tut, ist so wichtig.
Und eigentlich macht sie's richtig,
und zwischen bierernsten Diskussionen
und Mit-Megafon-Rumbrüll-Aktionen
für Awareness über Quotenfrauen
und Ehegattensplitting,
kann man privat doch auf die Kacke hauen.
»Schau mal da, dieses Flittchen,
die schnappt mir jeden Mann weg,
diese Schlampe ist ein Schandfleck
für uns vernünftige Frauen.
Man müsste ja eigentlich jeden fünften anhauen,

dass der sich nicht mit was ansteckt.
Woher nimmt die sich eigentlich die Ermächtigung?«
Aber eigentlich, Janina, kämpfst du doch für Gleichberechtigung.

Wir alle sind einfach nur Menschen,
denen die Fähigkeit innewohnt, für ihr Denken zu kämpfen
und seit Menschengedenken
ist's so, dass Menschen denken,
sich ständig verrenken
zu müssen, damit andere Menschen denken,
die Richtung, in die wir lenken,
sei perfekt und wir unfehlbar.
Aber nee, klar.
Ihr Streber
übt nur Druck aus,
den niemand von euch selbst aushält
und guckt raus:
wir verdrängen doch alle kaum Luft in dieser Welt.

Ich bin linksgrünversiffte Biofleischesserin,
Secondhandklamottenbefürworterin,
erklärte Feministin,
Geisteswissenschaftlerin,
altes-Handy-bis-es-den-Geist-aufgibt-Benutzerin,
ich bin für offene Grenzen zwischen Ländern
und doch möchte ich nicht, dass in dem Land, in
dem ich wohne, Angst vor Terror herrscht.
Ich habe bestimmt schonmal Plastik fallen lassen,
über RTL-II-Teeniemütter gelästert,
bei H&M und Nestlé gekauft
und mich unzählige Male nicht getraut,
einem Obdachlosen Geld zu geben.
Ich habe selbst eine Behinderung und kämpfe
dafür, akzeptiert und berücksichtigt zu werden,
aber wenn Menschen vor mir langsam laufen,
kocht Ungeduld in mir hoch.

Es ist unendlich anstrengend, immer den Drang
zu verspüren, ich müsst' was verändern,
ich tu, was in meiner Macht steht, an allen Ecken und Enden,
in Gesellschaftsmitten und -rändern,
bei In- und Ausländern,
ich trenne den Müll und kann gendern,
ich mache den Mund auf, wenn mir was Unfaires auffällt,
doch wir verdrängen doch alle kaum Luft in dieser Welt
und so lob' ich mir die, die Fortschritt statt Stagnation mögen,
das geht raus an alle Eltern, die ihren Söhnen
Kleider anziehen, sie zu Prinzessinnen krönen,
sie nicht an binäre Strukturen zu gewöhnen,
ihnen wichtige Werte vermitteln,
sie nicht als Schwächling betiteln,
wenn sie weinen.
Und ihren Töchtern zeigen,
wie leicht es ist, Fußball zu spielen,
Geld nicht mit Optik, sondern Klugheit zu verdienen.
Das geht raus an alle, die Stoffbeutel nehmen,
in den Coffeeshop mit dem Thermobecher gehen,
die Erste-Hilfe-Kurse leiten,
sich mit besorgten Bürgern und AfD-Wählern streiten,
die Geld und Kleidung nicht nur zu Weihnachten an Flüchtlinge spenden.
Und die niemals vergessen: wir sind alle nur Menschen
und wir verdrängen doch alle kaum Luft in dieser Welt.
Drum geht das raus an jeden und jede,
der und die die Botschaft im Kopf behält:

We are the world, we are the children,
we are the ones who make a brighter day, so let's start giving.

Also geben wir, was wir können.
Selbst wenn das nicht alles ist, geht es hier um die wichtigen Sachen,
nicht um Superlative. Denn es braucht gar nicht
immer! Jeder! Alles! richtig zu machen.

Marock Bierlej

Der Regredientskalender

Jeden Tag freuen wir uns weniger auf Weihnachten

1. Es ist ein christliches Fest.

2. Es ist ein christliches Fest, das schöne heidnische Bräuche pervertiert.

3. Selbst Menschen, die den Rest des Jahres relativ stilsicher durchs Leben ballern, verunstalten ihre Kleidung, ihr Haus, ihre Fotos, alles mit Scheiße. Das ganze Jahr wird über Gartenzwerge gelacht. Im Dezember wird Kitsch potenziert und gefeiert.

4. Die Farbkombination Rot und Weiß gehört ausschließlich in den Fußball oder auf die Pommes.

5. Die Farbkombination Rot und Grün gehört ausschließlich in den Wald. Dorthin, wo das frisch geschossene Reh gerade auf's Moos blutet.

6. Die Farbkombination Weiß und Gold gehört höchstens in die Kirche. Und dort von Wikingern geraubt.

7. »Sooo gemütliche« Klamotten nehmen Menschen ohnehin die Attraktivität. Strickpullis, Wollsocken, Fäustlinge im Weihnachtsdekor nehmen ihnen auch noch die Würde.

8. Engelchen, dicke Wichtelchen, Weihnachtsmännchen und ihre Helferchen und Rentierchen sind Scheißerchen.

9. Das wahre Wunder der Weihnacht: Die Musik im Radio kann tatsächlich noch schlechter werden.

10. Auch ohne Weihnachten gilt: Balladen sind Scheiße. Und was sind Weihnachtslieder zu 90 Prozent?

11. Versuche, etwas »Schwung in die Sache zu bringen«, um Punkt 9 zu entkräften, enden in Machwerken wie dem Sampler »Rock Christmas«. Die größte Beleidigung des Begriffes Rock nach Ice-T und Casper auf dem Rock am Ring.

12. Popmusik ist aus ethischen Gründen verwerflich, aber immerhin eingängig. Swing und Jazz sind das ganze Jahr über High-Society-Partys in Hollywoodfilmen vorbehalten. Dort verstärken sie den Hass gegenüber der besitzenden Klasse. Im Dezember aber swingt und jazzt es aus allem, was einen Lautsprecher hat, vom Taschenradio des Busfahrers bis zur Fliegeralarm-Sirene. So werden wir alle zu unseren Feinden, aber in hässlich.

13. Die einzig akzeptablen Glöckchen in der Musik sind Gruselglocken in Horrorfilmen oder Cowbells.

14. Das übertriebene Trara. Auch wenn man das Fest mag: Auf kein anderes Ereignis wird so lange hingefiebert. Außer vielleicht auf die Fußball-WM, aber die ist immerhin nur alle 4 Jahre.

15. »Weil man das halt mit der Familie feiert.« Also mit den Leuten, mit denen man den Rest des Jahres zu Recht keinen Kontakt hat.

16. Die Amerikanisierung ist (außer bei Halloween) niemals so stark wie zu Weihnachten. Das Gefasel vom »Geist der Weihnacht«, der Weihnachtsmann selbst und viele der oben genannten Punkte stammen aus dem Land der Rassentrennung bis in die 60er-Jahre, der Waffennarren, Kriegstreiber, Turbokapitalisten, Kreationisten und Gated-Community-Bewohner.

17. Es ist nur das zweithöchste christliche Fest und hat trotzdem mehr Feiertage als Ostern, das Fest, das dem Christentum überhaupt Sinn verleiht (weshalb Rotting Christ so ein unfassbar guter Bandname ist). Das ergibt sogar innerhalb der christlichen Logik keinen Sinn.

18. Am Jahresende, besonders um Weihnachten herum, gibt es einen signifikanten Anstieg an Suiziden und Suizidversuchen.

19. Es wird nirgendwann sonst so viel geheuchelt. Wie viele Ungläubige sind Weihnachten in der Kirche? Wie viele Onkels und Tanten werden eingeladen, bekocht und ausgehalten, weil sie Geld scheißen können und die fettesten Geschenke mitbringen?

20. Weihnachten ist schuld daran, dass der Winter durchromantisiert wird. Wir wissen alle, dass es im Winter bei uns nur selten schneit, und die Wahrscheinlichkeit für weiße Weihnachten liegt im Westen der Norddeutschen Tiefebene bei zehn Prozent. Als falsches pars pro toto führt Weihnachten dann zu der kognitiven Dissonanz, der Winter wäre schön.

21. Achtung, Meta-Grund! Der ganze Punkt mit den Geschenken und dem Kommerz ist so lächerlich ausschweifend scheiße, dass er nicht einmal vernünftig in diesen Kalender passt.

Nach 21 Türchen endet dieser Adventskalender. Am 21. Dezember ist nämlich Wintersonnenwende. Die Tage werden wieder länger und das Ende der Zeit der Kälte und des Todes ist in Sicht. *Das* ist ein Grund zum Feiern.

Himmelarschundzwirn

17.01.2018

Es wurde in den Himmel gelobt und vulgär geflucht und irgendwie haben wir es dabei geschafft, die Fäden in der Hand zu behalten. DANIEL WAGNER aus Heidelberg hat gezeigt, was für ein Pfundskerl er ist – Sapperlot! – und KAISER FRANZ war zum zweiten Mal da – Potsdonner! –, nachdem das Publikum ihn im vergangenen Jahr nur krank erlebt und ihn wieder zu uns herbeiapplaudiert hat. Die schönen Erinnerungsbilder haben wir Jan Turek zu verdanken.

Felicitas Friedrich

Unnützes Zeug

*T*atsächlich hat mir diese Gegend nichts beigebracht.
Außer, dass wenn einer lacht,
du trotzdem weitermachst,
bis, wer dich einst gehasst,
vor schierem Neid erblasst.
Tatsächlich hat's mir dieser Ort hier nie leichtgemacht,
ein Leben in Einzelhaft.
Und kommst du von den Weichen ab,
wird dir gesagt, die Zeit wird knapp,
drum hab' ich's leider satt,
bleib' lieber Abstandvonhierhalterin aus Leidenschaft.

Unnützes Zeug. Überall in der Hemisphäre unnützes Zeug und
tatsächlich denke ich im Grunde immer noch krampfhaft nach,
ob mich die Heimat etwas gelehrt hat. Ich wohnte hier in einer
Zeit, in der ich *sassässliss* statt tatsächlich sagte, *Fuzeuch* für Flug-
zeug und meinen bis heute anhaltenden Lieblingsneologismus
Schlawenschlo erfand. Schlafanzug.

Heute gibt es gegen den Schlafentzug Emmi Caffé, der wird
hier vertrieben, das hab' ich auch erst erfahren, weit nachdem ich
von hier vertrieben wurde. Ist schon interessant, dass man sich
auf einmal herausnimmt, so etwas wie Lokalpatriotismus entwi-
ckeln zu dürfen, obwohl man eigentlich froh ist, nicht mehr hier

zu wohnen in einem Provinznest mitten in der grünen Ruhrmetropole, einem Stadtteil, der lange eine unabhängige Stadt war und das gerne immer noch wäre und sich, ehrlich gesagt, auch so anfühlt.

Ich lebte hier mit einer Frau, die die Worte Gulpopo und Himmelgesäßundnähgarn etablierte, aber beim Elternsprechtag meine Lehrerin dafür lobte, dass sie es gar nicht schlimm fand, wenn einem vor ihr mal ein »Leck mich am Arsch« entfuhr. Doch. Sie fand es schlimm. Und sie fragte sich, warum aus mir eigentlich was ganz Passables und Vorzeigbares geworden ist, wo ich doch so gar nicht passabel und vorzeigbar prädisponiert war.

Ich lebte hier mit einem Mann, der einst der Grund dafür war, dass ich alle Männer verachtete. Der Grund für mein unterschwellig mitschwingendes Aggressionspotential, meine subtile Auflehnung gegen alles, was mich in dem Glauben an meine Schwäche bestärkte, meine dezente Abneigung gegen die Pflicht, meinen Mund zu halten, und der Grund für Angst. Ich lebte hier mit einem Mann, der, wann immer ich Geschichten erzählte, die Sätze wie »Die Jenny hat das auch« oder »Die Jenny sagt, ich soll das so und so machen« beinhielten, antwortete mit: »Scheiß doch die Jenny voll!« Der mir aber eine reinschlug, wenn ich auf die Frage »Was bedeutet dieses ›Fuck you‹, was die im Fernsehen singen?« wahrheitsgemäß antwortete.

Spektralfarbe.
Überall am Gewölbe über uns Spektralfarbe und ultraviolettes Streulicht.
Und erst neulich
hab' ich freudig
an die Heimat gedacht,
wo zwischen bläulichen
und gräulichen
Partikeln gar Abscheuliches
geschah.
Ich hab' hier manche Weihnacht verbracht
und es nie bis zum Scheitern geschafft.

Das ist was Gutes, das ist lehrsam,
das ist doch, was sie sagen:
Was dich nicht umbringt, macht dich stärker
und jeder muss mal Spott ertragen.

Die Ideologie eines Sommers springt mir entgegen.
Meine Beine bewegen sich leichter,
schmiegen sich ganz gleitend über Bodenoberflächen,
wenn die Idee von Wärme die Luft zum Atmen dirigiert.
Die Lichter dort oben sind nicht bloß Azur. Wie könnten sie.
Dort oben leuchten rote, gelbe, grüne, blaue
Scheinwerfer, denen ich zutraue,
mich zu positionieren in ungenaue
Perspektiven, von denen ich meine Zukunft beschaue.
Und diese brüchige Aussicht
beraubt mich
fast jeder Hoffnung, die ich je an Land gezogen habe,
doch heute laufe ich hier lang, als hätt' ich nie Adé gesagt.
Wo früher der Kaiser's war, steht jetzt ein Edeka,
ansonsten sind Räumlichkeiten, Äußerlich-
keiten, Oberflächlichkeiten, Innereien
erschreckend identisch.

Der Fluss hier ist mein Trostkissen, mein Taschentuch, meine
Schmusedecke, mein von Speichel in Albträumen vollgesogener
Teddybär. Ich tunke einen großen Zeh ins Wasser und genieße
Sonnenschein auf minimalstpigmentierten Unterarmen, alles ist
harmonisch und sanft und voller Liebe und
    FOTZE!
    alles ist voll Zuversicht, voll schwirrenden Düften und sum-
menden Stechinsekten, die nicht stechen, und dieses eine Mut-
termal am kleinen Finger, das hatte ich letztes Mal noch nicht.
Wie spannend ist es doch, sich selbst zu beobachten und
    SPASTI!
    mit sich selbst im Reinen zu sein und ich schaue durch die-
ses Dickicht von Blättern, von dem aus man den schönsten Blick

auf die schönste Brücke in dem schönsten Backsteinaltstadtviertel hat. Nur diesen Ausschnitt, nur diesen Rahmen mit Blättern
drum rum, den will ich mir mal tätowieren lassen, will nie vergessen, wie verbunden ich diesem Ort bin und wie sehr ich ihm
verdanke, nun da zu stehen, wo ich jetzt stehe und

Ich box' Dir gleich die Brille von der Nase!

diesen Wald hier hätte ich fast verdrängt, weiß gar nicht,
warum, wir haben uns hier Geschichten ausgedacht über Feen
und Elfen und jemanden, der uns groß rausbringt, und später,
wenn ich hier mit dem Hund ging, habe ich Musik gehört, bei
der mich noch heute ein wohliger Schauer überkommt. Und es
ist doch alles sicher, hier ist doch niemand hinter mir her, hier
tut kein Schritt weh und ist kein Blick unangenehm und eines
Tages wird der Castingstar, in den ich verliebt bin, schon erkennen, dass ich die Eine bin und

Du gehörst in einen Behindertenclub!

Schwärmen ist so eine schöne Vollzeitbeschäftigung. Spazierengehen auch, wie konnte ich es nur jemals nicht wertschätzen, einen Fuß vor den anderen setzen zu können und an diesem
Ort, der mir mal Heimat war, umherzustreifen. Hier habe ich
zum ersten Mal gewählt, eine wichtige Entscheidung getroffen,
in meiner Grundschule und

Ich hab aus Versehen ihre Hand angefasst jetzt sprüh
ich mich mit einer unsichtbaren Flasche ein dann bin
ich geimpft und werde nicht auch so behindert wie sie
und ihr Vater drückt Zigarren in Pfützen aus und ihre
Mutter ist fett und hässlich und wäscht sich nicht und
warum kriegt die immer Einsen warum konnte die schon
lesen als sie eingeschult wurde warum muss ich neben
ihr sitzen warum heult sie schon wieder weil ich ihr
vor's Schienbein getreten habe warum stellt sie sich so
an weil ich ihr die Hose runtergezogen hab warum bin
immer ich Schuld das ist nur weil ich ein Junge bin oder

das kann man doch wirklich noch nicht als Mobbing bezeichnen

Kinder müssen sich austoben und Jungs müssen
austeilen und Mädchen müssen einstecken
Das Kind ist nicht gut integriert, es redet nicht mit Anderen
Sind Sie wirklich sicher, dass sie nicht auch ein bisschen provoziert?
Vielleicht bildet sie sich das ja auch nur ein
Was sich liebt, das neckt sich
Wir haben schon alles im Griff
Und das kann man doch wirklich noch
nicht als Gewaltakt bezeichnen
Das sind Kinder.

Manchmal, wenn ich durch diese Alleen hier
wandle, geistig umnachtet am helllichten Tag,
glaube ich, die Bäume hier haben das Tourette-Syndrom,
die Kopfsteinpflaster Borderline,
die Brückenpfeiler Schizophrenie,
jede Gaststätte ist autistisch veranlagt
und die Schäfchenwolken, fluffig, weich,
selten feucht, sind ADHS-Kinder.
Solange die Geländer und die Eisdielen und die Friseursalons und
die Bäckereien und Apotheken nicht an Herzinfarkten sterben,
sind die Schlaganfälle, die die Hagelkörner mir
bescheren, der einzige Hinweis auf Brutalität.

Es ist wohl wahr, dass nichts Abnormales daran ist, ein bipolares Verhältnis zu der Gegend zu haben, die einen großgezogen hat, und darum klammere ich mich an jeden Grashalm, bis er abreißt, an den Glauben, dass der Steckbrief dieser Gegend mich beinhaltet als etwas Bereicherndes, als etwas, worauf sich stolz sein lässt. Doch in Wirklichkeit weiß ich, dass dieser Ort mich noch immer verlacht. Dass er immer noch den Himmel nur an dem Punkt aufreißen lässt, an dem ich stehe, dass er mich bis auf die Socken und den Stringtanga durchnässt stehen lässt, wenn ich ihn am meisten brauche. Wenn er aber doch im Sommer nicht so strahlen würde. Wenn mir seine Sonne doch nicht so viel Geborgenheit und Hoffnung spenden würde, wenn seine

Umarmungen doch nicht so nach Flieder riechen würden, wenn er nicht Augen zu haben schiene, die tief bis in meine Seele sehen und meine maroden Knochen stechen. Eine toxische Beziehung. Dieser Ort wirft in mir die Frage auf, ob es Menschen gibt, die die Schönheit eines Sonnenuntergangs verleugnen können. Oder die an selbiger Schönheit verstorben sind, glücklich, zufrieden und friedlich und angekommen. Dieser Ort hat Pfade, die Staub und Schlamm aufwirbeln, und die Luft riecht dann nach der Zunge des tollsten Hundes der Welt, der mir durch das Gesicht leckt, mich wedelnd anspringt und mir kuschelnd im Bett allein mit der feuchten Nase mitteilt, dass es in Ordnung ist, liegen zu bleiben.

Dann hätte ich nicht mit den einzigen beiden Männern, denen ich so viel bedeutet habe wie sie mir, hier auf den Gitterstühlen am Wasser gesessen, Radler trinkend und sentimental, säuselnd, dass das alles hier nicht halb so schrecklich sei, wie ich immer erzählt habe. So aus der Distanz betrachtet. Weil die Menschen hier zwar so garstig und gemein sind; die Stadt, der Ort, die Gegend, sogar manche Erinnerungen, wenn auch verzerrt und surreal und inkorrekt erinnert, aber doch so schön.

Und das alles, das vermisse ich doch. Oder ist das nicht Vermissen, was da gerade in mir hochsteigt? Oder ist jede Regung hier nur unnützes Zeug?

Ich lebte hier in einer Stadt, in der Kirchen nicht nur als Wegweiser fungieren. Anderswo habe ich es immer so erlebt, dass die prunkvollen Kirchen mit Kuppeln und Mosaiken und Heiligenstatuen davor nur dazu da sind, um an ihnen links oder rechts oder geradeaus zu laufen als Anhaltspunkt, wenn man Fremden den Weg erklärt, doch hierhin verirrt sich kein Fremder. So wie auch ich keine Fremde bin und dennoch froh, mich hier nicht mehr zugehörig fühlen zu müssen.

Denn ich bin ausgezogen, als wäre ich nackt bis auf die Haut, doch so intim wird es nicht mehr mit mir und diesem Ort hier, denn er soll mich nie wieder verletzlich sehen.

Dieses Heimweh. Diese Melancholie. Diese Fragen nach dem Warum und Wieso und Wann ich Wo war und nicht aufgepasst habe. Dieses Verbundenheitsgefühl. Diese starren Pflichten. Alles unnützes Zeug.

Marock Bierlej

Ist der Himmel wirklich ein Ort auf der Erde?

Wer gerät bei diesem Lied nicht ins Schwärmen? Es erzählt von Liebe und Glück, von Tanzen und Lachen.

> »*Ooh, baby, do you know what that's worth?*
> *Ooh, heaven is a place on earth.*«

Und schon hat uns Belinda Carlisle gepackt und lässt uns nicht mehr los!

> »*When you walk into the room*
> *You pull me close and we start to move*
> *And we're spinning with the stars above*
> *And you lift me up in a wave of love!*«

Geht es denn noch süßer, noch bezaubernder? Freilich wittert hier mancher Anspielungen sexueller Art. Mit den stars zu spinnen, close zu moven, und upgeliftet zu werden in einer wave of love, lässt sich leicht als übliche Chiffre der populären Musik für den Geschlechtsakt ausmachen. Aber zum einen dreht sich die Kamera im Videoclip, in dem Oscarpreisträgerin Diane Keaton Regie geführt hat,[1] tatsächlich im Kreis und wir sehen zwei junge

---

1   Den Oscar erhielt sie – unverständlicherweise – nicht für diesen Videoclip.

Menschen im keuschen Glück. Und zum anderen: Selbst wenn sich die beiden, sobald die Kamera aus ist, die Kleider vom Leib reißen und sich mit Nahrungsmitteln und Körperflüssigkeiten einreiben – lassen wir die zwei Liebenden doch! Es geht um Liebe, da gehört das Körperliche dazu. Das müssen wir einsehen und das finden wir auch ganz okay so.

Doch es steckt eine finstere, wahre Botschaft in dieser Nummer-1-Serotonin-Bombe. Versuchen wir, den manipulativen Korkenzieher herauszuziehen, bevor er noch tiefer in unser Hirn eindringen kann.

»Ooh, heaven is a place on earth.«

Dazu müssen wir etwas ausholen. Jesus wurde einmal gefragt: »Guter Lehrer, was muss ich getan haben, um ewiges Leben zu erben?«[2] Und Jesus sprach: »Eins fehlt dir noch: verkaufe alles, was du hast, und verteile es an die Armen!« Da der Fragende aber sehr reich war, sprach er zu Jesus: »Ach so eine Abzocke ist das also! Dann suche ich mir eben ein anderes Himmelreich.« Und noch ehe Jesus dazu ansetzen konnte, von Trampeltieren und Nähzeug zu sprechen, war der Reiche längst Anhänger von Belinda Carlisle geworden, denn bei ihr führt der Weg in den Himmel nicht durch eine enge Pforte und einen schmalen Pfad[3], sondern über die A7 und die B51[4].

Die Frau, die vor ihrer Solokarriere die erste Frauenband befrontfraut hatte, die es in den USA an die Spitze der Hitparade geschafft hat, verlegt also kurzerhand das Heilsversprechen aus dem Jenseits ins Diesseits.

Mehr noch: Ein unfassbarer Balanceakt ist es, den eine weitere entscheidende Aussage in dem Text vollführt, den Balanceakt zwischen eindringlicher Offensichtlichkeit und bedeutungsschwerer Zurückhaltung. Denn nicht so präsent wie der Titel »Heaven is a place on earth«, der im Refrain und besonders im letzten Teil, der von E-Dur auf ein noch euphorischeres Fis-Dur springt, schier

2   Lk 18,18
3   vgl. Mt 7,14
4   vgl. Google Maps

dutzendfach wiederholt wird, ist die Zeile: »Ooh, baby, do you know what that's worth?«

Direkt im ersten Vers des Stücks wird die Frage gestellt: Das höchste Glück auf Erden, Himmel, Liebe, Fis-Dur – weißt du, wie der aktuelle Kurs dafür steht? Was macht das in Bitcoins? Es ist das genaue Gegenteil von Jesu Armutsgebot und folgt damit einer der grässlichsten und schändlichsten Ausgeburten des Christentums: dem Protestantismus. Wie schon Max Weber in seinem Werk »Die protestantische Ethik und der Geist des Kapitalismus« feststellte, sieht der Protestant in seinem diesseitigen finanziellen Erfolg die Gunst Gottes. Was will man also mit Liebe? Wir nehmen unser Stargespinne und unser Closegemove und tauschen das gegen harte Währung ein. Euro, Dollar oder doch lieber investieren?

Doch die Dimensionen dieses akustikoxytocininduzierten Hypnose sind noch viel ungeheurer. Denn Belinda Carlisle vereint eine krasse Diesseitsorientierung mit dem Geist des Kapitalismus, dessen Essenz der Egoismus ist. Zitat: »Ich sage mich los von allen Konventionen, die mir nicht Erfolg und Zufriedenheit im Diesseits versprechen«. Dies ist das Credo von Anton Szandor LaVey, dem Begründer der Church of Satan.

Ihr glaubt mir nicht?

»And the world's alive with the sound
Of kids on the street outside«

Draußen tobt das Leben, doch Belinda bleibt drinnen. Wie passt das doch dazu, dass die Kirche Satans »Zugehörigkeit zur Herde« als Sünde definiert.

Unter den »Elf satanischen Regeln der Erde« findet sich auch die folgende:»Töte keine nicht-menschlichen Tiere, solange du nicht angegriffen wirst oder Nahrung brauchst.«

Und was finden wir in »Heaven Is A Place on Earth«? Kein einziges Wort über die Tötung von Tieren. Nicht eins! Klarer Fall von Satanismus!

Doch dürfen wir Belinda Carlisle nicht Unrecht tun. Wahrscheinlich ist sie nur eine Marionette. So wie Szandor LaVey seine Tochter für Promo-Zwecke benutzt hat, sobald er erkannt hatte, wie scharf sie war, so benutzt Liedschreiber Rick Nowels Sänger und Sängerinnen, um seine sinistren Botschaften zu verbreiten. Mit »Life Is A Rollercoaster« trugen er und Ronan Keating zur Etablierung einer verschwenderischen, adrenalinsüchtigen Gesellschaft bei. Und wen Melanie C meint, wenn sie singt: »I Turn To you«, das finden wir beim nächsten Mal heraus.

Tim Szlafmyca

Der Tresen nach dem Tod

Durch die Serie »Lost« haben wir gelernt, dass der Himmel eine eigene Raumzeit hat, es dort also kein *Wann* gibt. Deswegen beginnt diese Geschichte wie folgt:

Es war einmal oder wird einmal sein, vor oder in langer, langer Zeit. Die Gesellschaft spielte Cricket, trank Wein und amüsierte sich prächtig. Einige rutschten, andere waren in eine epische Schneeballschlacht involviert, nur eben ohne Schnee, sondern mit Wolken. Also in eine Wolkenballschlacht. Und es war keine Schlacht, sondern eher ein sanftes Streicheln an den lieblichen Wangen des Gegenübers mit weichen Bällchen, geformt aus Wolken. Denn im Himmel, da war es friedlich.

Ludger Himmel war einst Anwalt, als er noch lebte. Oder als er schon einmal lebte, körperlich, auf der Erde. Genauso wie sein einstiger Kollege, Karsten Zwirn. Durch die Friedfertigkeit im Wolkenreich war ihr Beruf hier völlig unnötig, hier existierten nur freundliche Berufsgruppen. Zum Beispiel gutgelaunte Briefträger, Pferdejockeys, Currywurstverkäuferinnen in Bochum (außer die kurzhaarige Blonde), Braumeister, Fernsehmoderatoren, die über Kaffeefahrten aufklären, oder Leiterinnen des Geschäftszimmers eines Instituts an einer Universität. Wäre man ein Verbrecher, wäre man nicht hier oben. Logisch.

Auch wenn jeder Tag hier oben fantastisch war, so gab es hin und wieder Tage, die noch fantastischer waren. So wie heute. Ludger Himmel heiratete Marianne Arsch, zu körperlichen Lebzeiten einst Po-Model und zugleich tätig als Beraterin im Bereich Employer Branding, wo sie, trotz ihres seltsamen Namens, durchaus erfolgreich war. Trennen wollte sich weder Ludger noch Marianne vom schönen Nachnamen. So kam es, dass seit dem Tag ihrer Hochzeit Ludger und Marianne den Nachnamen Himmel-Arsch trugen.

Zu freundlicher Musik (also vorrangig Alben wie »Unser Kreuz braucht keine Haken« von den Jesus Skins oder Sixpence None the Richer) wurde getanzt und gesungen, hier und da gab es christlichen Pogo. Doch die ausgelassene Freude ward bald getrübt, als das Handy von Ludger zu klingeln begann. Es war Karsten Zwirn mit einer sehr beunruhigenden Nachricht. Das Undenkbare sei geschehen, er stünde vor Petrus, ein Fall für die Kanzlei Himmel-Arsch & Zwirn! Polizei gab es hier oben schließlich nicht.

Himmel-Arsch & Zwirn waren sich unsicher: Sollten sie den Chef informieren? Meist kümmerte er sich gern selber um unliebsame Gäste im Wolkenreich, schließlich benötigten seine Kinder auf Erden eigentlich keine Hilfe, bei nichts, rein gar nichts. Andererseits war Sonntag. Ludger und Karsten wollten sich gerne weiter beraten, als ein markerschütterndes Rülpsen die Himmelspforten aufsprengte und Petrus quer durch das Wolkenreich schleuderte. Himmel-Arsch & Zwirn setzten flugs ihre bescheuerten Sherlock-Holmes-Mützen auf, denn seit »Lenßen & Partner« weiß man, dass Anwälte in Wahrheit abgefahrene, bewaffnete Actionhelden sind. Sie stürmten aus ihrer Kanzlei und sahen den Verursacher der Katastrophe.

»Moin!«, rief ich durch das zerstörte Tor und zog ein neues Fiege aus dem Kasten. Das Ploppen der Flasche ließ das Himmelszelt erbeben und ich war mir sicher, auf der Erde ging gerade ein episches Gewitter vonstatten. Frei nach dem Cola-Light-Mann schulterte ich den Fiege-Kasten und schritt durch das Tor. Ich setzte mein ultrasympathisches Heldengesicht auf und nickte ultracool wahllos der panisch umherrennenden Menge zu.

»Pils?«, fragte ich die Umherirrenden. Keiner reagierte. Es schien etwas faul zu sein.

»Wat'n ditte hia?«, berlinerte ich in sächsischem Schwäbisch auf Platt. »Na gut, wenn keiner will … Ihr findet mich am Tresen.«

Aus Wolken baute ich mir eine Theke, stellte den Kasten ab und setzte mich. Nach allem, was man so hörte, hätte es hier irgendwie viel lustiger sein sollen. Aber doch nicht so. Nur wirre Menschen, Einhörner und keine Kneipe. Kopfschüttelnd formte ich mir einen Wolken-Barkeeper, um einen Gesprächspartner zu haben.

Ich sagte: »Weißt du, Wolkgang, haha, also, weißt du: Viele Menschen fragen sich, unten, also auf der Erde, ob es ein Leben nach dem Tod gibt. Ich bin der Meinung, dass diese Frage viel zu kurzsichtig ist. Nehmen wir an, die Antwort wäre Ja. Beziehungsweise: Anscheinend lautet die Antwort Ja, sonst säße ich nicht hier. Aber die da unten, die wissen das nicht. Was bringt denn das Wissen, dass es ein Leben nach dem Tod gibt? Wieso fragt man nicht nach etwas Spezdiellerem? ›Gibt es einen Tresen nach dem Tod?‹ Denn wenn hier die Antwort Ja lautet, dann weiß man einerseits, dass es einen Tresen im Himmel gibt und andererseits, dass es ein Leben nach dem Tod gibt. Denn was wäre ein Tresen ohne Leben? Manchmal denken die Leute einfach nicht mit. Das ist es, woran es der Gesellschaft heutzutage mangelt. An Weitsicht, Respekt, Liebe und so Zeug. Eigentlich an allem. Toleranz ist ja was Feines, dann sollten aber auch alle mitmachen. Ich bin zum Beispiel tolerant. Keiner hier will ein Pils, das ist okay, dann habe ich eben mehr, dafür können die ja dann mehr Quatsch trinken. Wein oder so. Oder Mate. Eben so Mumpitz, für den sie meiner Meinung nach ja dann doch irgendwo auch verdient gestorben sind. Aber was soll's.«

Wolkgang reagierte nicht. »Wie intolerant von ihm«, dachte ich, als sich zwei Idioten mit bescheuerten Sherlock-Hüten zu mir an den Tresen setzten. Vergeblich versuchten sie, cool zu gucken. Zugegeben, neben mir ist das eine Mammutaufgabe, da ich am coolsten gucken kann von allen des Guckens fähigen Wesen, abgesehen vielleicht von Dwayne »The Rock« Johnson, aber auch nur, weil er seine Augenbraue höher kriegt als ich. Und vielleiht noch der Undertaker, weil der seine Augen so cool verdrehen kann, wozu ich nicht in der Lage bin – auch wenn man es denken könnte, war ich doch gebaut wie ein Wrestler.

»Guten Tag, mein Name ist Ludger Himmel-Arsch, das ist mein Kollege Karsten Zwirn. Dürfen wir Sie fragen, was Sie hier machen?«

»Ich tote so vor mich hin«, gab ich zu Protokoll.

»Das sehen wir, aber unser Ermittlerteam, also wir, hat herausgefunden, dass Sie gar nicht auf der Gästeliste standen. Sie haben sich unrechtmäßig Zutritt hierher verschafft. Wie ist Ihnen das gelungen?«

»Witzige Geschichte!«, entgegnete ich. »Ich habe zu Lebzeiten, also auf der Erde, da habe ich immer versucht, Wörter zu rülpsen. Wenn man zum Beispiel das Wort ›Stuhl‹ rülpst, dann klingt das irgendwie so, als wären Stühle der heißeste PIEP überhaupt. Moment, werden Schimpfwörter hier oben zensiert?«

»Selbstverständlich.«

»So ein PIEP. Naja, egal. Jedenfalls: Irgendwann reichte es mir nicht mehr, immer nur ›Stuhl‹ oder ›Salz‹ zu rülpsen und so versuchte ich nach und nach die Zahl der Silben zu erhöhen. Zweisilbig mag ich das Wort ›Konto‹. Versuchen Sie das mal irgendwo zu rülpsen, wo es ein Echo gibt. Allein die Vorstellung. ›KONTO‹, richtig tief gerülpst und dann noch so nachhallend, das ist doch dann fast schon allegorisch oder nicht? Wie dem auch sei. Lange Zeit dachte ich, dass ich über sieben Silben niemals hinauskommen würde – Wirtschaftsingenieurwesen. Das war quasi mein Meisterstück. Bis zu diesem einem Tag …«

Stille.

»Reden Sie weiter!«

»Ja, ja, ich dachte nur, wenn man das sagt. Also ›An diesem einen Tag‹, das dann erst mal ein Blitz kommt oder so. Schade. Nun gut, also, jedenfalls, es ist ja so: Wenn man ein Mentos in eine Cola wirft, kommt es zu einer chemischen Reaktion von Kaliumbenzoat, Kohlendioxid, Aspartam und dem Gummi arabicum. Es entsteht also ein Geysir, viel Schaum und viel Gesprudel. Und mir kam eine Idee. Ich knallte mir also eine Packung Mentos rein und schüttete Cola Light hinterher, weil nur die Aspartam hat und das noch geilere Geysire gibt. Naja, das Ergebnis: Ich sitze nun hier.«

»Sie sind geplatzt?«

»Nein. Beziehungsweise: Ich weiß es eigentlich nicht genau. In meiner Bauchgegend entstand ein sehr unangenehmes Grummeln und irgendwann bahnte sich etwas meinen Hals hinauf. Für diesen Moment hatte ich mir extra zehn Silben überlegt: Halleluja-Rülpsomat 3000. Und, da muss ich mir auf die Schulter klopfen, neben Halleluja-Rülpsomat 3000 sprudelten auch noch Dinge wie PIEP PIEP PIEEP und PIEEEEEEEEEP aus mir heraus, ein Lexikon an Schimpfwörtern, die mir in Anbetracht des nicht aufhörenden Schwalls durch den Kopf schossen. Die Fontäne hörte einfach nicht auf, ich hatte einfach keine Ahnung, wo der ganze PIEP herkam. Irgendwann waren meine Knöchel bedeckt mit Cola Light, dann die Knie, der Bauchnabel, der Hals und schlussendlich ertrank ich einfach in der braunen Brühe.«

»Mit Verlaub, dafür kommt man nicht in den Himmel.«

»Oh, Sie machen sich keine Vorstellungen. Was meinen Sie, warum Ihr Chef da unten nicht mehr eingreift? Es war ihm zu blöd. Er dachte sich, die Unliebsamen, die kann Petrus doch einfach an der Pforte abweisen. Und der Rest, der bleibt sich da unten eben selbst überlassen. Bis ich kam. Ich habe es IHM noch nicht gesagt, aber klar, ich wollte einfach nur ein sehr langes, cooles Wort rülpsen. ER dachte aber anscheinend, dass ich aus reiner Liebe zu SEINER Schöpfung eine neue Sintflut ausgelöst habe und alles Leben von der Erde tilgte, damit ER einen Neustart wagen kann.«

»SIE HABEN …? ABER …? MEHRERE MILLIARDEN …???«

»Ja klar, so im Nachhinein, da klingt es schon etwas drastisch. Aber es hat gereicht, um hierher zu kommen. Auch wenn Sie meinen Namen nicht auf der Liste gefunden haben – ich habe schon meine Berechtigung, hier oben zu sein.«

»Das glauben wir erst, wenn es uns der Chef bestätigt.«

»Was denken Sie denn, wer das Tor aufgerülpst hat?«

»HIMMELARSCHUNDZWIRN!«

Daniel Wagner

Käsida

(Patriotische Käsefaschisten gegen die Salamierung des Abendbrots)[1]

Donald Trump ist der Präsident der Wutbürger« – diese vielgelesene Schlagzeile möge als Sprungbrett, besser gesagt, als »Trumpolin« für diesen Text dienen. Ich bin nämlich auch Wutbürger. Ich gehe montags spazieren. Aber nicht bei »PEGIDA« – Patriotische Europäer gegen die Islamisierung des Abendlandes. Ist mir zu billig. Ich habe meine eigene Bewegung gegründet und suche hierfür noch Mitstreiter, denn ich bin noch ganz alleine. Deshalb ist dies auch ein Mitmachtext, ich bitte bei entsprechendem Handzeichen um ein fröhliches, kollektives »Geil!«.

Meine Organisation nennt sich »Käsida«, wir sind …

---

1   Anm. der »Wir müssen r3den«-Crew:
Daniel hat hier gar viele Wortwitze über Käse versteckt und somit ein gewitztes Suchspiel für euch gebastelt! Um euch zu helfen, haben wir die Käsesorten kursiv markiert. Für den ultimativen Spaß empfehlen wir, den Text laut zu lesen! Vorausgesetzt natürlich, ihr sitzt gerade nicht in einem öffentlichen Verkehrsmittel, in der Uni, der Sauna, beim Familienessen oder oder oder … wobei, eigentlich ist der Spaß gerade auch in diesen Situationen garantiert.

...patriotische Käsefaschisten gegen die Salamisierung des Abendbrots!

Wir nennen uns Käsida!

Das Problem ist lang bekannt! Immer mehr Würstchen halten Einzug in das Abendbrot!
Genau das ist uns nicht Wurst!

Ich meine, ich hab ja nichts gegen diese armen Würstchen, ABER das Brot ist voll! Da ist kein Platz mehr für Zigeunerwurst! Man denke doch nur mal an die ganzen armen, weißen *Hirtenkäses*!
Oder *Feta*!
Einige sind sogar – wie ich – alleinerziehende *Feta*! Ich weiß, vielen von euch ist das noch *mozarellativ* egal! Doch nicht mit uns!

Mein Sohn, zum Beispiel, der kleine Till! Ich sag immer liebevoll »mein kleiner *Dreikäsehoch*«! Der ist jetzt den ganzen Tag allein, weil ich mir wegen denen keinen Betreuer mehr leisten kann! Ich hör' das *Baby bellen*! Ich brauch einen *Till-Sitter*!

In der Schule lesen sie inzwischen schon Sachen wie »Kabanossi und Liebe«, statt »*Herr Ricotta*«!
Dabei ist »*Herr Ricotta* und der *Halbfettprinz*« mein Lieblingsbuch! Natürlich neben »*Herr Ricotta* und die *Camemberts* des Schleckens«! Und jetzt nur noch so olle Schinken? Das geht doch nicht!

Ich hab ja grundsätzlich nichts gegen diese arme Würstchen, ABER: Meine Cousinen, *Gorgo und Zola*, haben mir erzählt, dass sie jüngst von aggressiven Hunden angegriffen wurden, konnten grade noch auf 'nen Baum raclettern!
Das waren aggressive Hot-Dogs!
Doch zum Glück... *Cam em bert*! Aber wenn das so weiter geht, ist hier bald der Super-*Gau da*!

Ehrlich, da schlag' ich zurück, denn Toleranz war gestern.
Hab mich inzwischen auch schon bewaffnet: Mit 'n *par mesan!*
Sehr gut! Wir müssen was dagegen tun! Die ganzen Rügenwalder
und Deutschländer nehmen uns die Kühlschrankplätze weg!

Deutschländer raus!

Diese ganzen Salamisten! Die verwursten unser Abendbrot!

Wir müssen doch unsere *kiri-kiri-kiri*stlichen Werte verteidigen!

Denn wir sind und bleiben *Käse!* Würste müssen weichen!
Wir zahln nur mit *Exquisa*, Schmiergeld kann man streichen!
Bei uns gibt's keine Extrawurst, weg mit Mortadella!
Nur käseweißes Abendbrot, nur *Brie* und *Mozzarella!*
Wir sind VegetArier gegen Schwarzwurst aus dem Schwarzwald
und wenn so 'ne beleidigte Leberwurst herkommt
und sich denkt: »hm, ich harz' halt!«,
dann sehn wir schwarz und sogar noch schwarzer,
weil genau das uns stinkt – es gibt schon genug *Harzer!*

Und wenn ein Hanswurst sagt, dies sei nicht tolerant,
dann schau uns *Käselaiber* an – schöne Rinde, toller Rand!
Doch Wurst ist gänzlich überzogen, mit Haut, Pelle oder Darm,
das sieht nicht aus, das ist doch arm,
und es ist nur wahr,
wenn ich sage: Wir sind gegen diese »Wurstburka«!

Denn wir sind *Hallouminati*, wir beten nur zu *Cheeses!*
Und wenn euch das nicht passt, dann passiert was Fieses!
Dann werden wir euch jagen!
Dann geht es euch Schlawinerwürstchen richtig an den Kragen!
Da seid euch gewiss!
Dann heißt es nämlich bald: »Bifi hat Schiss!«
Und: »Rügenwalder herzhaft fein – wir haun rein!«
Aber mit der flachen Faust, ihr werdet schon sehen!

Dann gibt's richtig Beef! Da könnt ihr noch so flehen!
Krakauernd!

Auf *Blauschimmeln* reitend oder fröhlich marschierend auf einem
»*Fromage*« beginnt die *Salakis*senschlacht, die größte Schnitzeljagd,
ein Geschnetzel-Gefetzel-Gehetzel-Gemetzel, die neue Schlacht
bei Salami oder besser gesagt: Der Dritte Wurstkrieg!

»Wollt ihr den totalen *Brie*?!«

Kaut nicht an Würsten!

Es gibt nur eine Endlösung in der WürstlBuden-Frage! Die totale
Vernichtung!
    Wenn's sein muss in *Maasdamern*!

Denn wir kriegen euch!
Und zwar jede junge Blutwurst, jeden alten Knacker!
Jede grobe Fettige, jeden Fleischwurst-Fucker!

Brie! – Geil!
Brie! – Geil!

Wir sind *Käsida*!

Das Abendbrot wird frei von Wurst, ob Frankfurter, ob Wiener,
Käse, du bist unser Heil, wir sind deine Diener!
Wurst hat ab jetzt Hausverbot, alles bleibt wie früher,
Cevapcici wird plattgemacht, ein Volk, ein Reich, ein *Gruyère*!

Und wenn jetzt einer denkt: »Was soll das? Je vielfältiger ein
Abendbrot ist, desto besser ist es doch! Denn Vielfalt bedeutet in
erster Linie nichts anderes als Reichtum. Und ›Käse-Faschismus‹
ist jetzt wirklich das allerletzte, das die Welt noch braucht«, dann
sei hier kurz erwähnt: Das gilt für PEGIDA auch!

Denn letztlich ist es egal, ob du Deutscher, Österreicher, Wiener, Frankfurter, Nürnberger, Lyoner, *Limburger*, *Emmentaler*, Syrer, Fleischesser, Vegetarier oder Chinese bist – dieser Text hat nur eine Botschaft:

nämlich, dass Faschismus immer Käse ist.

Die Wasser

21.02.2018

Der Wasser sind viele, sie ins-
pirierten uns zu den unter-
schiedlichsten Themen und
so sprudelten die Worte und
Töne nur so aus uns heraus.
ELENA NERN hatte sogar einen
Text übers Reden dabei und
TUNA TOURETTE von Radio
Bart ergoss ein langes Stück
übers Meer ins Café Eden. Wer
nicht dabei war, hat zwar
etwas verpasst, bekommt aber
dank der Fotos von Alexander Schneider eine Ahnung
von der Einmaligkeit dieses
feuchtfröhlichen Abends.

Marock Bierlej

Bierokalypse

Da kommt Carsten mit unserem Wasser. Trotz seines Namens trägt er es in einem Kanister ... Zwar sind wir zu dritt und jedem von uns stehen per Dekret pro Tag fünf Liter zu, aber wir haben nur einen 10-Liter-Kanister. Sich einen größeren zu kaufen, lohnt sich nicht, finde ich. Zusätzlich einen Eimer mitzunehmen sei nicht gut für seinen Rücken, so diese ungleichmäßige Belastung und so, findet Carsten. Und außerdem sei der Griff unseres Eimers so unbequem, findet Erik, der Dritte in unserem Bunde. Also wechseln wir uns jeden Tag ab mit dem Wasserholen. Wenn es wärmer wird, lösen wir die gesparten Wassermarken ein und machen unser Planschbecken voll.

Außerdem: Wer braucht schon so viel Wasser? Gekackt wird eh auf den Dixis draußen, Dosenravioli brauchen nur einen Öffner, sonst nichts, gegen den Durst gibt es Bier und duschen ist schließlich kein Heavy Metal!

Das Leben könnte, so wie es gerade ist, großartig sein; jeder Tag wie Festival!

Wäre nicht das musikalische Programm so beschissen. Wenn denn irgendwo irgendwas gespielt wird, dann unplugged. Also nicht bloß auf der Bühne, sondern überall. Vor sechs Tagen gab es im ganzen Land überhaupt keinen Strom mehr. Oder auf der ganzen Welt, man weiß ja nix jetzt. Fernseher unplugged, Computer unplugged, Smartphones waren spätestens am zweiten Tag alle alle. Vereinzelt sieht man Angeber auf alten Nokia-Handys Snake spielen. Denn telefonieren können sie damit auch nicht; das Mobilfunknetz hat schließlich auch keinen Saft mehr.

Seit dem Stromtotalausfall hat die Stunde der Singer-Songwriter geschlagen. Jeden Abend versammelt der schmalbrüstige Schwächling aus der Wohnung unter uns alle Mädels der Umgebung um sich, weil er mit seinen "einfühlsamen Gitarrenmelodien etwas Trost spendet in dieser schweren Zeit".

Mir spendet Trost, dass, wenn wir schon mit E-Bass und E-Gitarre eh nichts mehr reißen können, Carsten wenigstens mit dem Schlagzeugintro von »Painkiller« etwas Metal in mein Herz prügeln kann.

In den Kirchen und auf den Plätzen singen welche hysterisch und doch selbstgefällig, wie Recht sie doch gehabt haben. Wie eine strenge Mutter heben sie die Zeigefinger und sagen: »Ich hab es dir doch gesagt! Seit zweitausend Jahren schon!«

Eine ähnliche Attitüde, wenngleich mit etwas kürzerer Tradition, legen die Ökos an den Tag. Ihre abendlichen Gesangsrunden haben schnell viel Zulauf erfahren. Einmal – am Tag nach dem großen Steckerziehen – haben wir uns auch mal zu ihnen gesetzt. In der Hoffnung, etwas Gras abstauben zu können. Dort lernten wir Volker kennen.

Er konnte als Urban Gardener nun endlich seinen Traum vom Ausstieg aus »diesem System« endgültig wahr werden lassen. »So ein Radieschenbeet auf dem Dach bringt dich aber auch nicht durch den Winter", sagte er mit düsterer Miene.

»Zum Glück ist April", sagte ich, aber auch das schien ihn nicht aufzuheitern. Dafür ging ja der Joint rum.

Nachdem dieser ein paar Runden gedreht hatte, begannen wir, die Lieder dieser Hippies aus Leidenschaft – Zwangshippies sind wir ja irgendwie alle geworden – zu verstehen. Also so richtig zu kapieren. Der große Stromausfall wäre uns erspart geblieben, wenn wir weniger Fleisch gegessen hätten. Und hätten wir mehr fair gehandelte, von guatemaltekischen Ureinwohnern handgeklöppelte Sackhosen getragen, statt bei Primark einzukaufen, hätten AC/DC sich nicht aufgelöst, bildlich gesprochen. Hätten wir öfter Urlaub in Mecklenburg-Vorpommern gemacht (da ist es ja auch sehr schön), statt einmal im Jahr nach Malle zu fliegen, wäre Metallicas »Ride the Lightning« noch immer ein topaktuelles Album. Das gleiche gälte – wieder AC/DC – für »High Voltage«, wenn wir ... An jenem Abend ergab das alles jedenfalls irgendwie Sinn.

Nächstes Mal gehen wir zu den Apokalypsenfritzen. Bin gespannt, was die nehmen, um ihren Kram zu glauben.

Da Fiedeln, Tröten und Draufklopfinstrumente ebenfalls keinen Strom benötigen, pilgerten Erik, Carsten und ich, wie viele andere auch, schon am ersten Tag in den nächsten Irish Pub. Irgendwann, am zweiten Abend wohl, hieß es: »Guinness ist alle!«, bald darauf: »Kilkenny ist alle!« Nachschub war nicht in Sicht. Als der Wirt dann anfing, die Preise für Whiskey mit breitem Grinsen in die Höhe zu schrauben – ganz Betriebs-Wirt eben – war es mit der insularen Volksmusik auch schnell vorbei.

Erik etwa merkte zusammen mit einigen anderen Besuchern, dass das Gedudel nüchtern nicht zu ertragen war, und suchte sich ein anderes Lokal. Die anderen, darunter Carsten und ich, verprügelten erst die Band mit ihren eigenen Instrumenten und dann den Wirt. Verständlich, dass ich da bei den Umweltfreunden runterkommen wollte.

Zurück zum Heute. Erik holt Bier aus dem Keller und reicht Kanister-Mister Carsten und mir je eine Kanne und macht sich selbst eine auf. »Is' übrigens das Letzte«, bemerkt er.

»Ham wir nicht noch eins im Kühlschrank?«

»Vergiss es. Der läuft ja schon seit rund einer Woche nicht mehr. Und du erinnerst dich? Deine Mitbewohnerin hat diese Palette abgelaufenen Joghurt aus dem Sonderangebot da eingebunkert. Die Milchkulturen da drin sind wahrscheinlich längst Hochkulturen, die Pyramiden bauen – und unser Bier ausgesoffen haben. Ich pack den Kühlschrank jedenfalls nicht an."

So schnappe ich meinen Rucksack und mache mich auf den Weg Richtung Supermarkt. Blick in meine Hosentasche: Die letzten Bargeldreserven klimpern darin. Geld abheben ist ohne Strom ja nicht. Electronic Cash ist anscheinend alles, auch das Papiergeld. (Münzen sowieso, denn Metall leitet ja.)

Ein paar hundert Meter stellt sich heraus: Mir öffnet sich dort nicht bloß eine Supermarkttür. Streng genommen steht die elektrische Schiebetür die ganze Zeit offen. Aber vor meinem geistigen Auge sehe ich auf einmal ein Buch, so eine dicke Schwarte. Sie ist mit sieben Siegeln verschlossen – und eins davon schnalzt gerade auf. Die Vision erhält sobald ihre reale Entsprechung. Das Bier ist alle. Selbst das Hansa und das Paderborner. (Oettinger zählt nicht als Bier.) Ich höre ein Tröten.

Beim nächsten Geschäft ist es das gleiche. Und beim nächsten. Und dem übernächsten. In sechs Läden ist es das Gleiche. Siegel. Posaune. Kein Bier.

Der Lärm von genauso vielen Posaunen übertönt jeden grotesken Protestsong, jede schiefe Fiedel, jede schmalzige Schnulze. Da fällt mein Blick auf eine Bude auf der anderen Straßenseite. Ein Punk verlässt sie gerade. In seiner Hand: zwei Bierpullen. In seinem Gesicht: das glücklichste und gleichzeitig wahnsinnigste Grinsen, das ein Mensch zu haben imstande ist. Die letzten beiden Biere der Menschheit.

Die siebte Posaune lässt mich glatt taub werden, das siebte Siegel öffnet sich. Es hat begonnen. Die Apokalypse. Und vier Reiter stehen bereit. Ihre Namen sind:

Kein Strom.

Kein Bier.

Kein Metal.

Keine Ahnung, wie man unter diesen Umständen überlebt.

Felicitas Friedrich

Im Fluss

*I*ch habe keinen Drang zu kommen. Es ist erst 10 Uhr 30, kein Auftauchen. Es ist erst 10 Uhr 45, kein Erscheinen. Es ist erst 11 Uhr ein paar Zerquetschte, noch nicht mal gekämmt, es ist irgendwas kurz nach Pi mal Daumen …

Schön, dass alles in der Schwebe war.
Schön, dass ich mich von Beginn an vor einer konkreten Antwort drückte,
schön, dass ich lange meine Dusche, doch nicht dich mit Anwesenheit beglückte.
Schön, dass es für den Zeitpunkt meiner Ankunft keine Regel gab.

Bloß dumm, dass ich dadurch gleich einen Ruf weghaben muss.
Bloß minderbemittelt, dass man mir Nachlässigkeit unterstellt,
bloß zu kurz gedacht, dass man mich für 'ne ignorante Schnepfe hält,
bloß blöd, dass ich's oft nicht mehr schaffe vor Ladenschluss.
Und es spricht nicht gerade für dich, dass du mich dann direkt abschreibst.
Vielleicht bin ich ja längst auf dem Weg.
Vielleicht bin ich ja auf Achse, nur ist es die eigene, um die ich mich drehe,

vielleicht bin ich ja auf dem Sprung, nur ist es
der vom Zehn-Meter-Brett, vor dem ich mich bisher immer erfolgreich gedrückt habe.

Vielleicht ist das Treffen mit dir ja das Wasser im Freibad im
April. Alle sagen, dass doch längst Freibadwetter sei und ich mich
nicht so haben solle und schau mal, die anderen Kinder planschen
doch auch so fröhlich, und versprochen, es ist lauwarm . Vielleicht
habe ich mich ja vorher nicht kalt abgeduscht und vielleicht habe
ich ja beim letzten Mal vergessen, dass man eigentlich zuerst mit
dem Zeh vorsichtig prüft, wie kalt oder warm es ist und bin mit
Karacho rein und habe mich dann furchtbar erschrocken, weil es
natürlich nicht »lauwarm«, sondern eiskalt war. Und frierendes
Kind scheut das Wasser, so ähnlich heißt es doch.

Vielleicht bin ich mir ja gar nicht bewusst, dass die Konstante
»wartende Menschengruppe« überhaupt existiert, denn wenn eine
Gruppe von Menschen auf jemanden wartet, dieser Jemand aber
nicht sieht, dass die Gruppe wartet, ist das Warten dann überhaupt real?

Und vielleicht lohnt es sich ja auch, auf mich zu warten, hast
du das vielleicht mal so gesehen. Vielleicht ist das hier auch ein
großes Sozialexperiment und ich die Durchführerin, vielleicht
will ich nur testen, wie geduldig du bist. Stressresistenz und
Frustrationstoleranz sind wichtige Kompetenzen, auch auf dem
Arbeitsmarkt, dein zukünftiger Vorgesetzter wird es mir danken.
Vielleicht musst du auch den großen roten Knopf hinter dir finden, auf den du drücken musst, wenn es dir zu viel wird.

Vielleicht bin ich ja voller Elan hergeeilt und musste plötzlich
stehen bleiben, vor Trauer überwältigt von der über mich herein-
brechenden Erkenntnis, dass es Menschen gibt, die der Meinung
sind, Essen wird nicht zwangsläufig besser, wenn man es mit Käse
überbackt. Oder die keine Guacamole mögen. Oder die Käptn
Peng nicht kennen. Oder die Katzenvideos für überschätzt halten.

Vielleicht muss ich noch mein Essen jagen, das aus dem Kühlschrank wegrennt. Vielleicht habe ich auf dem Hinweg Nazis ver-
prügelt, einem Heidi-Klum-Pappaufsteller mit Rotstift Mitesser

und Narben aufgemalt oder einem BVB-Hooligan Kafka vorgelesen. Oder vielleicht bin ich auch schon längst da, nur sieht mich niemand, weil ich eine Tarnburka trage, die mich chamäleonartig mit der Wand hinter mir verschmelzen lässt. Vielleicht habe ich das auch bloß gesagt, um herauszufinden, wen ich mit dem Wort »Burka« triggern kann !!einself!

Und vielleicht habe ich auch einfach nur Angst.
Vielleicht kann ich auch nicht mehr und schau' mir 'ne Romcom an.
Und jeder hat doch mal eine Bahn verpasst und musste dann dafür bezahlen.

Vielleicht beobachte ich den Wellengang meines Lieblingsflusses an meiner Lieblingsbrandung an meinem Lieblingsufer und spüre meine Lieblingsflut an meinen Lieblingsschuhen, die ich aus lauter Verliebtheit nicht trockenföhnen möchte. Vielleicht geht in meinem Herzen ja die Sonne gerade unter oder auf, drum sucht meine Milz eine Spiegelreflex, um das Ereignis festzuhalten für die Nachwelt, für Museen, für Wandtattoos und Instagram. Vielleicht habe ich auch vor zwei Stunden Maybelline-Make-Up aufgelegt und Selfies geschossen und verzweifle an der Entscheidung zwischen Valencia-, Nashville- und Crema-Filter.

Vielleicht habe ich einen alten Liebesbrief gefunden, eine Romanze, aus der nichts wurde, aufgefrischt, mit Tränen, die nicht echt sind, rote Tinte verwischt und unkenntlich gemacht, sodass neue Bedeutungen zu neuen Botschaften zu neuen Fragen zu neuen Antworten zu neuen Verdrängungsmechanismen zu neuen Kompensationen führten Vielleicht untersuche ich ihn gerade auf Komma-, Rechtschreib- und Grammatikfehler.

Vielleicht bin ich ein schlechter Mensch, auf dessen Gegenwart du ohnehin verzichten könntest.

Vielleicht sind der große, der kleine, der Sekundenzeiger und ich auch einfach nur zu verschieden. Vielleicht mögen mein Terminkalender und ich uns schon, aber halt mehr so als Freunde. Vielleicht liegt es ja nicht an dir, Pflicht, sondern an mir, Wahrheit.

Vielleicht habe ich begonnen, gegen den Strom zu schwimmen und bin dann von bedrohlichen Wässern verschlungen worden., Ich hatte schon früher zu viel Angst, runtergedrückt zu werden, seit ich einmal, als ich dachte, ich könne noch stehen, einen Fuß auf den Schwimmbadboden setzen wollte, doch da war kein Schwimmbadboden, da war nur Schwimmbadwasser und eine Schwimmbadsportlehrerin und ein Schwimmbadgeschrei und eine Schwimmbadbesorgnis und eine hingestreckte Schwimmbadhand und zu viel Schwimmbadchlorwasser war in meine Schwimmbadlungen geraten, was schwimmbadbrannte und schwimmbadwehtat und da war Schwimmbadpanik und der Schwimmbadbeginn von Schwimmbadurmisstrauen, ich bin noch heute sofort aus der Puste nach gerade mal 25 Metern Brust und Kraul.

Oder vielleicht liegt es am Horoskop, wenn die Löwin in meinem Aszendenten nicht die Schreckgespenster, sondern die Lebensgeister verjagt, sodass jeder Ausbruch von Begeisterung und Leidenschaft nur noch ein Relikt ist, ein Klumpen, der die Waage in meinem Tierkreiszeichen beschwert, das Gemüt betrübt und die Glieder träge macht, wenn Luft und Feuer sich nicht einig sind, wer überwiegt, und kein Tropfen, kein Kristall, keine Eisdecke, keine Kohlensäure und kein Hagelkorn auf dem heißen Stein das Gedankenkarussell besänftigt.

Ich bin ein Flusskind, ein Wassermädchen, das nur leider keine Kälte verträgt, weder psychisch noch physisch, ich mag heißes Kranwasser, das die Finger wieder zur Bewegung verleitet.

Und vielleicht liegt es ja daran, dass ich das Haus, das Bett, die längst schmutzige Kleidung so ungern verlasse, vielleicht habe ich Angst vorm Regen. Vielleicht bin ich doch aus Zucker, schau doch mal, wie süß ich gucken kann. Vielleicht bin ich das Ende der Dürreperiode. Vielleicht wartest du vergeblich auf mich, vielleicht bin ich jemand, dem du verzeihst, dass es durch meine

Abwesenheit endlose Ebbe gibt. Vielleicht bin ich es ja wert zu warten,
denn ich bin das Symptom einer Durststrecke,
bin das Bindeglied deines Dunstkreises,
bin der Geschirrstapel, der Abwasch, der ganz bestimmt morgen gemacht wird,
bin der hartnäckige Tropfen auf der Brille, der dich die Umwelt verzerrt sehen lässt,
bin das Kraneberger, das angeboten, angenommen, aber niemals gerne getrunken wird,
bin der Wasserfall, der geredet, doch dem nicht zugehört wird,
bin das dritte F in »Schifffahrt«,
bin ein Fluss in Menschengestalt wie in »Chihiros Reise«, in den du gefallen bist, drum ruf mich bei meinem Namen,
mache nur 50 % meines Körpers aus, doch das ist für heute und in Relation und mit liebevoller Nach- und Rück- und Vor- und Zuversicht betrachtet ganz schön viel,
bin die Faszination Pfütze, Bach, Oase, Quelle, bei der du stehen bleibst, obwohl du gehetzt bist,
bin zum Abschalten, zum Verweilen gemacht,
bin Fata Morgana, Alma Mater, Mutter Natur,
glaub mir, ich bereichere deinen Tag.
Glaub mir, ich kann das.

Glaub mir, ich muss nur meine Knochen, meine Synapsen, meine Stimmbänder ölen, dann nehmen sie wieder Fahrt auf, Fahrtwind, dann peitscht mir Regen ins Gesicht, fühl' ich mich begossenerpudelwohl.
Dann bereust du nicht, gewartet zu haben,
dann steuere ich was Sinnvolles bei,
dann funktioniere ich.

Und vielleicht muss ich einfach nur empfangen werden mit Liebe und Verständnis, Empathie und ohne Fragen.
Vielleicht liebe ich meine Decke, in die ich mich einmummele, einpacke, mit der ich eins zu werden drohe, gar nicht mehr als dich und als das Leben und als die frische Luft.

Vielleicht brauche ich nur eine warme Begrüßung, ein großes Hallo, einen Kuss auf die Stirn mit feuchten Lippen, der sagt: »Es ist schön, dass du da bist«.

Denn vielleicht tropft von der Decke, die ich anstarre, nur Überdruss,
vielleicht find' ich darin, im Schweiß zu baden, gar keinen Genuss,
vielleicht will ich nicht zerfließen, mich nicht nur über Wasser halten, nur weil ich's halt muss,
vielleicht wünsch' ich mir ja einen neuen Aggregatzustand, denn mit dem alten ist Schluss,
vielleicht fühlt sich mein Körper nicht an wie aus einem Guss,
ja, vielleicht schau mal nach mir. Vielleicht ist bei mir gerade nicht alles im Fluss.

Tim Szlafmyca

Die Wasser. Der Leben. Das Konfabulat.

*T*akaba, Mandera, Kenia, etwa eine Dekade nach Nelson Mandelas Tod in Haft.

Nala Bahari versuchte zu spucken. Ein Räuspern. Nala Bahari versuchte zu spucken.

Lange sollte es nicht mehr dauern, bis die drei Tankwagen kämen. Es war eine dramatische Dürre. Nala Bahari war keine dramatische Dürre. Nala Bahari versuchte zu spucken.

Ihr Name, wunderschön. Bahari. Meer, oder See, in Swahili. Und in Kenia, Dürre. Ein Räuspern. Takaba war kein Pol der Unzugänglichkeit. Doch an Wasser mangelte es zur Dürreperiode.

In Mandera County war Takaba die zweitgrößte Division. So groß, dass jeder hier im Schnitt 20 Kilometer bis zur nächsten Wasserquelle brauchte. So weit, dass nur elf Prozent der Bevölkerung Zugang zu gutem Trinkwasser hatten.

Bevor Nala in ihre Heimat zurückkehrte, studierte sie an der Universität von Nairobi. Dort lernte sie das anthropische Prinzip kennen. Nala wusste, dass man das beobachtbare Universum nur deshalb beobachten konnte, weil es all die Eigenschaften aufweist, die ihr, Nala, das Leben ermöglichten. Nala wusste, dass das beobachtbare Universum deswegen nicht durstig sein konnte, wie sie.

Auf dem Exoplaneten OGLE-2005-BLG-390Lb wurde Wassereis nachgewiesen. Ob es dort Leben gab, das wusste man nicht, aber das Leben auf OGLE hätte sich gelohnt. Jedes Leben mit

Wassereis lohnt sich, wenn man die Hülle des Wassereises richtig öffnete und sich nicht schnitt, im Mundwinkel, im trockenen Mundwinkel, der brennt, brennt, wie die Sonne zur Dürre in Kenia.

Kito Dene versuchte zu spucken. Ein Lachen. Kito Dene spuckte.

Lange sollte es nicht mehr dauern, bis die drei Tankwagen ankämen. Es war eine dramatische Dürre. Kito Dene war Tankwagenfahrer. Kito Dene entzündete sich eine Zigarette an der tiefstehenden Sonne. Wenn das Leben dir eine Dürre gibt, zünd 'ne Kippe dran an, hatte er gelernt.

Im dämmrigen Orange des Firmaments flackerten zwei Rotlichter vor Kito. Sie hatten ihr Ziel erreicht, Takaba, nahe der äthiopischen Grenze. Kito stellte seinen Motor ab. Morgen in der Früh würden die Bewohner des Dorfes zu den drei Tankwagen eilen, um ihre Rationen abzufüllen. Bis dahin hieß es warten. Und rauchen. Manche Menschen benutzten das synonym. Nur dann nicht, wenn man eh nichts zu tun hatte. Das war der Unterschied.

Nala Bahari spürte die ersten Sonnenstrahlen in ihrem Gesicht. Schlaftrunken stolperte sie, fiel in den Sand. Die letzte Feuchtigkeit ihrer Lippen wirkte wie Kleber. Nala Bahari versuchte zu spucken.

Aus einem Schuppen entnahm sie mehrere Kanister. Die Tankwagen sollten heute ankommen. Dieses Mal war sie dran. Mit neun anderen Dorfbewohnern machte Nala sich auf den Weg zu den Tankwagen. Die Ferne schimmerte. Fata Morganen spielten im Sand. Affen spielten im Sand. Es gab hier keine Fata Morganen.

Kito warf verzweifelt Müll aus seinem Fenster. Müll auf die Affen, die trommelnd an den Tankwagen klopften. Unendlich viele Affen. Aus dem ersten Tankwagen entstieg der Fahrer mit einem Besen. Der Fahrer verscheuchte drei, vier Affen. Dann ging er blutend zu Boden. Affen können kratzen. Affen können beißen. Affen können reimen und harte Steine schmeißen.

Nala und die anderen warfen ihre Kanister an die Tankwagen. Laute Geräusche vertrieben die Affen nicht. Laute Affen vertrieben die Geräuschquellen. Mit Kratzen. Mit Beißen. Mit Steineschmeißen. Und mit Reimen. Während Nala und die Dorfbewohner zurück nach Takaba flüchteten, begann Kito zu weinen. Das erste Wasser seit Tagen. Vielleicht seit Wochen. Es war eine dramatische Dürre.

Nala Bahari versuchte zu schlucken. Ein Husten. Nala Bahari schluckte. Und atmete tief durch. Sie schilderte dem versammelten Dorf, was passiert war. Schuppen sprangen auf, Äxte flogen, Macheten, alles landete auf einem Haufen. Das Jahr Null des Krieges flackerte am Firmament. Es gab keine Fata Morgana.

Takaba marschierte, bewaffnet. Man rief »Rache für die Verletzten«. Man rief nach Recht, auf die Wasser. Es war eine dramatische Dürre. Es war eine dramatische Schlacht. Zehn Dorfbewohner wurden verletzt. Acht Affen ließen in der Schlacht ihr Leben. Es floss Blut, dann endlich Wasser. Eine dramatische Dürre. Die Affen gingen. Nala Bahari schluckte Wasser. Kito Dene fuhr ein letztes Mal nach Hause.

Das war der Anfang, erzählte Thuku. Jahr Null. Die Wasser gehören uns. Die Welt gehört uns. Das Kollektiv jubelte, es hallte durch die drei Schluchten. Hier, am Jangtsekiang, stand eines der größten Wasserkraftwerke der Welt an einem der größten Stauseen der Welt. Hier stand der meiste Strom, hier stand das meiste Wasser. Und am Ufer, am Ufer standen die Affen. Mit mehr als Steinen.

♥ WMR # 10 VINKU & KIM CATRIN

Finsternuß

21.03.2018

Noch vor 500 Jahren verschwanden Menschen in der Finsternuß — welch Ærgernuß! Im März 2018 aber tauchen einige von ihnen auf — bei unserer Lesebühne! KIM CATRIN ließ sich zu timpressionistischen Wortspielen hinreißen (oder waren es kimpressionistische?) und präsentierte uns ihre gefühl- und gedankenvollen Texte, während VINKU mit Gitarre, Gesang und Loopmaschine und Gitarre, Gesang und Loopmaschine und Gitarre, Gesang und Loopmaschine eine neue Form von Livemusik bei uns präsentierte! Unser Fotograf Jan Turek fing die Stimmung wie gewohnt naturgetreu ein.

Tim Szlafmyca

Prometheus

*I*ch lecke am Lichtschalter. Es ist zu finster. Ich merke nicht, dass meine Zunge den Schalter umspielt; es ist nicht mein Finger, der ihn berührt. Es ist zu finster.

Der Finger, der sollte das ja eigentlich machen, aber was der gerade macht, das weiß ich nicht. Es ist zu finster. Wenn ich so darüber nachdenke, habe ich das Gefühl, meinen Körper gar nicht zu kennen. Ich spüre einen Windhauch an mir vorüberziehen und meine Zunge schnellt in meinen Hals zurück. Getuschel und ein weiterer Windhauch, ich wende mich ab von dem Ding, von dem ich dachte, es sei der Lichtschalter. Genau erkennen kann ich den Geschmack nicht, es ist zu finster. Und wie Lichtschalter schmecken, das weiß ich nicht. Zudem ist das mit Sicherheit auch abhängig davon, wo der Lichtschalter sich befindet. In einer Küche, so vermute ich, schmeckt er vielleicht nach Essen, Dreck, Rauch, ein bisschen nach Party und ein bisschen nach Telefonaten am Fenster, nach Blicken nach draußen, gewürzt mit einer Mischung aus Sehnsucht, Trauer, Liebe und Maggi. Lichtschalter in Fluren könnten nach Ankommen schmecken, nach Abschied und Straße. Im Bad hingegen, nun, hoffentlich nach Seife. Weiteres Getuschel, ein erneuter Windhauch.

Ich wende mich in die Richtung, in die der Windhauch zog. Mit erhobenem Zeigefinger – möglicherweise aber auch mit erhobenem Ohr, erhobenem kleinen Zeh oder mit erhobenem …

naja, was Männer eben noch so erheben können … ich weiß es ja
nicht, es ist zu finster. Mit erhobenem Etwas sage ich:

»Junge! Oder Mädchen, oder genderfluide Person oder Trans-
mensch! Also eben das, was du bist, es ist zu finster, ich erkenne
das nicht. Ich erkenne ja nicht mal meinen eigenen Körper und
ich glaube, ich habe gerade am Lichtschalter geleckt, aber er ging
nicht an, weil man Lichtschalter für gewöhnlich ja auch nicht
leckt, sondern drückt. Oder schaltet. Kommt auf die Bauweise
drauf an. Die sind ja nur teilweise genormt und das finde ich
irgendwie okay, weil die grundsätzliche Handhabung, also Ein
und Aus, ja irgendwo gleichbleibt. Aber allein in meiner Wohnung habe ich drei verschiedene Lichtschaltertypen, das wirkt
etwas redundant. Hilft jedoch, wenn man sich merkt, welcher wo
installiert ist, um sich im Dunkeln zu orientieren, vorausgesetzt,
man findet erst einmal den richtigen Lichtschalter und anschließend das richtige Körperteil, um diesen zu betätigen. Mein Vater
hat einfach Bewegungsmelder in seinen Fluren installiert und ich
glaube, er ist ein Mensch, der vor solchen Problemen nicht steht.
Jedenfalls: Kannst du mir mal helfen? Komm mal her. Kriegst
dann auch Blumen oder sowas. Keine Ahnung.«

Gemurmel. Ein neuerlicher Windhauch. Mir wird es zu bunt.
Oder zu schwarz, es ist zu finster für Farben.

Ich rufe erneut in Richtung des Windhauchs:

»Alter! Oder Alte! Oder AltX! Oder Strg+Alt+Entf! Oder was
auch immer! Reichen dir etwa keine Blumen? Hätte ich Töchter,
ich würde sie dir für Tanz und Gesang anbieten, falls du noch
keine Verabredung für den Abschlussball hast und es ist schließlich so eine Art Konvention – die explizite Geschlechterordnung
–, dass man nach binärer kategorialer Zugehörigkeit als Mann
oder Frau, im Sinne der Heteronormativität, jeweils das andere
Geschlecht zu diesem mitnimmt. Am ehesten den Quarterback
oder das Mädchen mit der Zahnspange und der Brille, die dann
am Abend des Balls plötzlich aussieht wie eine 30-Jährige übertriebene Hollywood-Diva, die in einem Teenie-Film eine künf-
tige Prom-Queen spielt. Jedenfalls: Dafür … dafür müsstest du
lediglich das Licht anmachen.«

Wieder nur Gemurmel und ein Windhauch. Ich habe die Faxen dicke. Und ich habe das Faxen dicke, ich habe nämlich dereinst das Fax erfunden, das wollte ich nur mal festhalten. Ich hätte euch diese Info auch gefaxt, aber heute faxt ja keiner mehr. An dieser Stelle hätte ich auch gern gesagt: »Ich habe die Daxen ficke.« Aber Börsenwitze kann ich nicht, deswegen lasse ich das weg.

Es ist zu finster, um zu wissen, welchen Körperteil ich nutze. Aber ich schlage mit irgendwas wild um mich und rufe dabei:

»Stell dich nicht so an!
… Mann!
Habe keine Angst vor dem Licht.
Denn so hässlich bist du nicht.
Drauf geschissen, ich nutz Geschick,
und einen fetten Roundhousekick.
Wieso reime ich plötzlich?«

Es poltert um mich herum und etwas plumpst zu Boden. Kein Windhauch mehr. Nur ein Flüstern vom Boden, ich verstehe nicht, was da gesagt wird. Plötzlich schubst mich etwas beiseite:

»Samma haste nen Knall oder wat?!«, brüllt mir eine unbekannte Stimme entgegen. Das Licht geht an. Da steht ein Pferd auf'm Flur. Und daneben liegt die Leiche eines Jungen. Ein erboster und zugleich erschrockener Vater schaut mich an: »Oh, ich dachte, den Erlkönig gibt es gar nicht. Verzeiht mir, verzeiht mir!«

Ich wundere mich und merke: ich habe mir vorhin bei Burger King noch eine Pappkrone geholt und vergessen, sie wieder abzusetzen. Und der Schweif, der scheint wohl meine Fahne zu sein. Zur Beruhigung lege ich dem Vater meine Zunge auf die Schulter und merke, dass es hell genug ist, um doch noch das richtige Körperteil zu nutzen und tausche meine Zunge gegen meine Hand.

Ich sage zum Vater:

»Also erst mal zur Beruhigung: du brauchst dir keine Sorgen zu machen. Es ist so: Wir befinden uns in einem Text von mir und alles, was darin passiert … nun, ist wahr, ja. Aber auch wieder nicht. Meta-Ebene und so. Dein Kind ist nicht wirklich tot. Ist wie in Filmen, da sterben Menschen ja auch nicht wirklich, sondern stehen nach dem Dreh wieder auf. Okay, außer bei Spice World, da sind ja angeblich haufenweise Stuntmen gestorben. Ich würde ja auf Freitod tippen, immerhin war es »Spice World«, den ich als Kind nie, wirklich nie im Kino sah. NIE. Aber egal. Wie regeln wir das jetzt? Da du mit deinem Sohn hier durch meinen Flur geritten bist, wird dich ja irgendein anderer Autor bestimmt vermissen. Du weißt nicht zufällig, wer das sein könnte?«

Der Vater erschaudert: »Du meine … Goethe!«

»Güte,« korrigiere ich ihn. Das ist okay, er ist sehr aufgebracht.

»Nein, Goethe. Der Erlkönig, da gehöre ich rein.«

»Junge, das Teil ist von 1782. Das ist völlig unmöglich.«

Während der Vater überlegt, meldet sich mein Bücherregal, indem es wahllos Bücher verliert, die auf dem Boden eine Nachricht formen, die »Doch, das ist möglich, lieber Tim« aussagt und ich bin überrascht, so viele Bücher zu haben, dass das möglich ist. Also nicht das, was das Regal meint, sondern dass es möglich ist, aus den Büchern diesen Satz zu formen.

Dann aber schlage ich mein Bücherregal zusammen. Ich habe »Interstellar« gesehen und weiß genau: Wenn ich mache, was mein im Bücherregal gefangenes Zukunfts-Ich von mir verlangt, dann bleibe ich irgendwie tausend Jahre jung und meine Tochter ist plötzlich eine Oma. Wie sieht das denn aus? Und Ich habe nicht mal eine Tochter. Also müsste ich vor meiner Reise ins All ja erst noch eine machen und Farmer in den USA werden und … nee, es gibt Grenzen. Manchmal sogar mit Mauern.

Der Vater erkundigt sich: »Was wollte denn das Regal von dir?«

»Timterstellar«, sage ich.

»Was?«, fragt der Vater.

»Naja, es ist so: In der Zukunft bin ich allem Anschein nach ins Weltall geflogen und habe die Geheimnisse von Raum und Zeit gelöst, nur um dann nichts Besseres zu tun zu haben, als in einem Bücherregal rumzulungern.«

»So wie Stephen Hawking?«, erkundigt sich der Vater.

»Ja so ähnlich. Jedenfalls: Durch den Riss im Raum-Zeit-Kontinuum habe ich scheinbar die Literaturgeschichte ein wenig durcheinandergepringlest, deswegen bist du nun hier gelandet und irgendjemand oder irgendetwas, über das ich schreiben wollte, steht nun bei Goethe. Moment …«

Aus den Trümmern meines episch zusammengeschlagenen Bücherregals berge ich meine Originalausgabe von Goethe aus dem Jahr 1348 oder so, keine Ahnung wann der gelebt hat, jetzt, wo die Literaturgeschichte durcheinander ist, spielt das alles keine Rolle mehr. Gleich auf den ersten Seiten sehe ich seine bekannte Ballade:

Der Perlkönig

Wer säuft so spät bei Nacht und Wind?
Es ist der Tim, ich glaub', der spinnt.
Er trinkt sein Fiege aus einem Glas;
Sauft, ihr Spacken, das macht doch Spaß!

»Kellner, was birgst du so bang dein Gesicht?«
»Siehst, Tim, du die Rechnung nicht?
Die Rechnung, die Zahlen, für all das Bier!«
»Kellner, komm schon, ist bloß Papier.«

»Du lieber Tim, komm, trink mit mir!
Gar schönes Pils spendier' ich dir;
Manch Döner und was vom Pommesstand
Und morgen haste Flecken auf deinem Gewand!«

»So ein Scheiß«, sage ich zum Vater und schlage ihn zusammen. Das gefällt mir alles nicht. Literatur ist doof.
Ich lecke am Lichtschalter, es ist finster.
»Die Lesbe macht das Licht aus!«
Halt's Maul, Werther!
Es ist finster.

Felicitas Friedrich

Kleiner Kreis

Und insgeheim freue ich mich schon lange. Ich weiß, der Abend muss kurz werden, weil der nächste Tag früh beginnt. Aber was gibt man nicht alles für ein Sprungtuch, eine Auffangstation, einen Anker am Hafen, wenn alle Tage zu früh beginnen und doch zu früh enden und nur fahle Gesichter und belegte Stimmen mit sich bringen, kein Lachen, keine Anekdoten, keine Inside-Jokes, nur Funktion, Gleichung, Reibung, Rechnung, Erstattung, keine Fragen, bloß Forderungen, das Herz in keine artgerechte Form gezwungen.

Und insgeheim freust du dich schon lange. Hast die Location bezahlt und die Playlist erstellt, den Pizzamann reich gemacht und keine Geschenke, bloß gute Laune bestellt. Hast verantwortungsbewusst nachgefragt nach Intoleranzen, Unverträglichkeiten, Vorlieben, Abneigungen. Hast zuvor nochmal recherchiert, wer mit wem kann und wer sich die Augen auskratzen würde. Hast deine eigene Schmerzgrenze getestet, was Promillehöhe in Relation zur Pupillengröße betrifft. Hast dekoriert, hast Namen eingetippt oder deine Schreibschrift geübt, Einladungen schreibt heutzutage niemand mehr von Hand, aber wie schön wäre es denn, zum besonderen Anlass für überraschte Blicke zu sorgen, indem man das tut, was man heutzutage eigentlich gar nicht mehr tut.

Und ich lege ja bei anderen nie viel Wert aufs Äußere, aber ich selbst werde schon gerne hübsch gefunden. Und manchmal bin ich so verliebt, dass ich mich frage, warum man Kleider und ausgestellte Röcke nicht heiraten darf. Und dann macht es mich ganz traurig und ich fühle mich benutzt, weil ich für diese Liebe Geld ausgeben muss. Und dann hängt die Liebe meines Lebens wochenlang in meinem Schrank und ich finde keinen Anlass, sie zu tragen und sie der Welt vorzustellen, meinen Freunden und Freundesfreunden, meinen Eltern und Verwandten, meinen Mitbewohnern und Lieblingsdönermännern, wie man das halt macht, wenn man die große Liebe gefunden hat. Und eine Einladung, ein Event, eine große Occasion, ein Happening, ein Get-Together, eine Festivität, das kommt mir dann natürlich gerade gelegen.

Und du legst ja auch nie Wert auf Struktur, auf Ordnung, aufs Aufgeräumtsein, du bist ein Chaoskopf, ein Flausensammler, ein Liebhaber von Raritäten, die du horten kannst, aber wenn Besuch kommt, präsentierst du dich von deiner besten Seite. Raus- und auf- und zurechtgeputzt, zeigst beim Strahlen die Zähne, hast das gestärkte Hemd zurechtgelegt, unter dem Bett gesaugt und die Bilderrahmen in den rechten Winkel gerückt. Denn die nahen und die fernen Verwandten und Bekannten sollen dich nicht als Dreckspatz oder Knallkopf wahrnehmen, sondern als aufmerksam, als fürsorglich, als ein Gastgeber, der nicht nur einmal im Jahr seine eigenen vier Wände genau wie sein Leben im Griff hat. Und das Älterwerden kommt ja immer dann, wenn man es nicht erwartet. Man denkt monatelang, man kommt davon, doch wenn es dann vor der Tür steht, unaufhaltsam, kann man es nicht hinausbegleiten. Also kannst du genauso gut all deine engsten Freunde teilhaben lassen an dem Debakel, dass du jeden Tag fürchtest, dein erstes graues Haar aus den Augenbrauen zupfen zu müssen.

Und dann kommt der Freitag davor und ich wundere mich.

Der Samstag davor und du meldest dich nicht.

Der Sonntag davor und ich hake mal nach.

Natürlich nicht bei dir, sondern bei denen, die eigentlich informiert sein müssten.

Und am Montag davor fragt die erste, ob man sich Freitag auch sehen würde.

Und am Dienstag davor denke ich noch, bestimmt ist da was untergegangen.

Und am Mittwoch davor frage ich mich, ob du meine Anschrift überhaupt weißt.

Und am Donnerstag davor denke ich, bestimmt ist auf meinem Rechner ein Virus.

Und es wird Freitag und ich denke: »Wieder ein Abend allein,
und du bist glücklich, weil alle um dich rum sind, die du magst und die du wertschätzt und die da sein sollen,
und ich bin ja sicher voll okay und wir können uns ja gut unterhalten, aber du konntest halt nur 50 Leute einladen,
du feierst halt im kleinen Kreis.«

Und ich beginne zu begreifen, ich bin niemandes kleiner Kreis, niemandes beste Freundin, niemandes Notfallkontakt, niemandes Schulter zum Ausweinen um drei Uhr nachts, niemandes engste Vertraute, niemandes Schwester im Geiste, niemandes erster Einfall, niemandes Random-unter-9GAG-Memes-Verlinktwerder. Doch ich habe einen kleinen Kreis, beste Freunde, beste Freundinnen, Notfallkontakte, Schultern zum Ausweinen um drei bis fünf Uhr nachts, engste Vertraute, Schwestern und Brüder im Geiste, erste Einfälle und verlinke gerne random unter 9GAG-Memes.

Und ich mag meine Chipstüte auch, ich mag auch Netflix'n'Chill, ich mag auch Super RTL und ich mag Horrorfilme und Psychothriller und Grusel.

Und ich mag Salzstangen mit Sour-Cream-Dip auch, ich mag auch Anstoß'n'getdrunk, ich mag auch »Teenage Dirtbag«-Gegröle und ich mag Konversationen und Diskussionen und Tanzen.

Und ich mag meine Bettdecke auch, ich mag auch Tee und gutes selbstgekochtes Essen, ich mag auch Einschlafmusik und Gedichtbände und Romane und mein Zimmer dekorieren.

Und ich mag Rumknutschen auch, ich mag auch girls night out und Geburtstagstorten, ich mag auch Küsschen links und rechts und Berührungen, die gut tun, und bei Sonnenaufgang nach Hause kommen.

Und ich mag abgedunkelte Zimmer in Diskotheken, einen separaten Tanzraum mit Schwarzlicht bei Hauspartys, ich mag auch bei Kerzenschein unter Baumwollbettwäsche unfromme Dinge tun. Ich mag auch Smokey Eyes bei anderen bewundern, bei mir keine Fliegenbeine und Panda-Look, ich mag das kleine Schwarze, ich mag Black Music und Black Metal, ich mag Melancholie, ich mag Herzen ausschütten, ich mag Black-Outs haben manchmal auch, wenn ich mich damit tröste, dass es einen Grund hat, warum manche Dinge in Vergessenheit geraten sollten.

Und ich mag es nicht, im Dunkeln zu tappen. Ich mag es nicht, keine Anhaltspunkte zu finden, keine raue Oberfläche zum Drüberstreichen, keine Wegweiser, keine Merkmale, keine Orientierungshilfen an Wänden durch die Beschaffenheit. Ich bin sehr für Inklusion, aber habe Brailleschrift noch nicht gelernt.Bitte kommuniziere im Klartext mit mir, ich weiß, ich bin erwachsen, doch ich fühle mich einsam, ungeliebt, unverstanden und ich baue mir eine Höhle.

Eine Höhle aus Kissen und Himmeln und unbeantworteten Fragen, die statisch bleiben, statt umher zu schweben, eine Höhle aus Sichabgefundenhaben damit, manchmal übergangen und nicht immer geliebt zu werden. Da ist es finster genug, um meine Gedanken umhertollen zu lassen, da finden sie ihresgleichen, tauschen sich aus, werden nicht verprellt von dem ganzen Selbstoptimierungstrend im Hellen, den Cleaneaters und Selflovers, da stoßen sie die Katharsis an und versinken so lange in Selbstmitleid, bis sie drüber lachen können.

Und ich baue mir eine Höhle aus Chips und Nachos und Keksen und Pizza mit ganz viel Knoblauch und Zwiebeln und ich zelebriere das Alleinsein, und ich verliebe mich in meinen Fernseher jeden Tag aufs Neue und, wenn ich es krachen lassen will, auch in Rotkäppchen-Sekt, dann hab' ich es schön abgedunkelt und habe meine eigenen Salzstangen, meine eigenen Schokoladentafeln, natürlich im Plural, ich habe dann die Nüsse, und ihr wie eine unfruchtbare Henne oder ein ungezogenes Kind an

Ostern keine Eier, doch die braucht ihr, um an mich ranzukommen .

Dann habe ich einen kleinen Kreis, beste Freunde, enge Vertraute, Brüder und Schwestern im Geiste, Notfallkontakte, Dieter Bohlen, Vera Int-Veen, Inka Bause, Tine Wittler, Daniela Katzenberger, und ich beginne zu glauben, dass mein Gesicht im Dunkeln einigermaßen akzeptabel ist, bloß keine Sonne drauf scheinen lassen.

Vielleicht würde ich dann glitzern.

Aber du magst das Glitzern. Und du magst auch mich, nur vielleicht sehe ich das nicht.

Und bevor ich jetzt noch mit Heidi Klum Blutsschwesternschaft schließe, rettest du mich.

Mit einer Hand an meinem Sektglas nimmst es weg und prostest mir zu, weil ich scheinen soll, weil ich mehr zu bieten habe als das, wonach ich laut den Medien scheinen soll.

Ich will zu einem kleinen Kreis gehören, denn mein eigener kleiner Kreis ist zu toxisch und nicht real und tut mir nicht gut und kümmert sich einen Dreck um mich

und ich biete dir meine Snacks an. Doch ich wusste nicht mal, dass du allergisch gegen Erdnüsse bist

und vielleicht sollte ich mal zuhören. Nicht dem Flimmerkasten, sondern dir,

und dich fragen, wie dein Geburtstag war,

ohne mich.

Vermutlich geht so.

Oder die beste Party der Welt.

Oder irgendjemand hat sich übergeben und wollte es nicht wegmachen und hat jetzt Hausverbot bei dir

und darüber lachen wir, das wäre mir sicher nicht passiert oder vielleicht doch, keine Ahnung. Vermutlich weißt du nicht mal, dass mir so etwas auch passieren könnte,

was wissen wir schon voneinander.

Nur dass wir manchmal gern allein wären im Dunkeln

und manchmal doch lieber in Gesellschaft

und dass das schon einen Unterschied macht.

Und dass ich eine Höhle habe und du eine Erdnussallergie, das wissen wir jetzt auch beide und das ist doch schon mal ein Mehrwert, ein Informationsgewinn.

Ich bin nicht dein kleiner Kreis.
Aber ich bin jemand, um den du dich sorgst.
Im großen Rahmen.
Und im ganz großen Stil.
Und wer weiß, vielleicht ist das ja viel mehr wert
als das Prädikat »beste Freundin«. Denn so eine Höhle
für mich selbst, die ist ja auch ganz kuschelig.

Marock Bierlej

Fürst der Finsternuss[1]

FÄUSTLING: O wenn ich dich schaue, sehe ich nichts als Schwärze. Tiefe, undurchdringliche Schwärze. Dein Wesen ist schwarz. Du bist finster durch und durch. Du bist die finsterste Gestalt aller Welten. O Baphomet, verführerischer Fürst der *Finsternuss*, ich ehre dich und deine Macht. Doch da ich um deine Kräfte weiß, muss ich dich in diesem Drudenfuß bannen. Verzeih meine Vorsicht, aber ich möchte nicht, dass du in deinem wütenden Wahn meinen Fernseher umschubst oder so.

DÄMON: *Macada mia*! Was für eine Bruchbude! Aus freien Stücken bin ich garantiert nicht hergekommen. Aber als Dämon hat man selten die *Wal(nuss)*, von wem man beschworen wird. Sie beschwören, ich kann mich höchstens beschweren. Und was bist du für einer und wie kommt einer wie du an die Beschwörungsformel?

FÄUSTLING: Mein Name, o Baphomet, ist Heinrich Johannes Fau… Moment! Wenn du meinen Namen kennst, hast du Gewalt über mich, und das Pentagramm, das ich auf die *Erd(nuss)* gemalt habe, hält dich auch nicht mehr! O Baphomet, du bist wahrlich der ziegenköpfige Zar der Zerstreutheit! Und ich … meine Freunde nennen mich Hajo, manchmal auch HaJott, aber das nur im Scherz … Nenn mich einfach Hein-

---

1   Allergikerhinweis: Dieser Text kann Spuren von Nüssen enthalten.

rich – ich bin Großmeister der *Para(nuss)*psychologie und anderer Schwarzkünste und sinistrer Sujets!

DÄMON: Du, ein Großmeister? Ich habe Großmeister gesehen in den letzten Tausenden von Jahren. Und keiner von denen sah aus wie eine rasierte Kiwifrucht mit Akne.

FÄUSTLING: Großmeister in spe wollte ich sagen. Ein Doktor sozusagen.

DÄMON: Und ich habe auch noch keinen gesehen, dessen Robe solche Zeichen zieren. Was ist das? *Sonnen, Blumen(kerne)* und Penisse ohne Eichel?

FÄUSTLING: Das sind arkane Symbole! Planeten, Sterne ... und Raketen ... nun gut, stark bestückter Stängelschwinger. Ich bin nicht ganz Doktor. Ich habe bald meinen MDA.

DÄMON: Deinen was?

FÄUSTLING: Meinen Master of Dark Arts, o Fackelträger frevelhafter Forschung. Ich brauche nur noch fünf Misskredit-Points, und dann brauche ich noch eine Unterschrift von meinem *Pekan(nuss)* und ... haa-haaa *Cashew!*

DÄMON: Pestilenz!

FÄUSTLING: Bitte?

DÄMON: Ach ja, bei euch heißt das ja: Gesundheit!

FÄUSTLING: Ach so. Danke.

DÄMON: Gerne. Und wie hast du mich nun beschworen? Ich meine, wie kommt ein schmalbrüstiger Schmieren-Schwarzkünstler – um mal deine Sprache zu benutzen – dazu, mich, Behemoth, einen der durchtriebensten Dejjals der Dämonosphäre zu rufen?

FÄUSTLING: Hehehe. Mit meinem messerscharfen Verstand – und dem da!

DÄMON: Ist das eine Spielekonsole? So eine *Pi-Statien* oder wie das heißt?

FÄUSTLING: So ähnlich. Es ist die dunkle Version der Dreamcast. Nur, dass man damit nicht dreams castet, sondern schwarze Magie, Flüche, Verwünschungen, Dämonen und Geister, o transzendentaler Titten-Träger. Natürlich braucht man dafür auch die nötigen Skills. Aber das ist für mich kein Problem.

Schon als kleines Kind habe ich programmiert, um meine Eltern zu erschrecken. Vor dir steht ein echter *Buh-Hacker*!

DÄMON: Ein was? Ach verschon mich mit diesem Technikkram. Wenn's nach mir ginge, wäre spätestens nach der Erfindung der Schusswaffen Schluss gewesen. Feuerwaffen sind was für Dämonen, nicht für *Muskatiere*.

FÄUSTLING: *Muskatiere*! Du bist ganz schön hinterm Mond! *Mann, Delta* Force haben wir heute und die KSK und …

DÄMON: Jajaja, jede irdische Zeit hält sich für des Fortschritts *Kür, bis(kern)* einer von uns Höllenbrüdern und -schwestern hier das Ruder übernimmt. Mammon leistet gerade gute Arbeit hier …

FÄUSTLING: Wo du davon sprichst! Nun höre mir zu, geflügelter Gebieter über Geburah, was ich von dir fordere! Mache mich zu einem reichen, mächtigen Mann. Ich will ein Wirtschaftsimperium beherrschen, aber keinen Silicon-Valley-Scheiß. Meine ganze Kindheit wurde ich als Nerd und Geek beschimpft und die Mädchen in der Klasse hassten mich. Vor allem *Hazel* … jeder stand auf *Hazel*! Und sie machte es mit jedem in der Stufe, nur nicht mit mir! Aber wenn ich ein cooler Mafiaboss bin, so wie *Al Marone*, dann sitze ich mit ihr am Strand von *Cocopulco* und schlürfe mit ihr eine *Pinie Colada*! Behemoth, bocksgestalter Boss bleicher Black-Metaller, verleihe mir Macht und Reichtum und Swag!

DÄMON: Sogar ich weiß, dass kein Arsch mehr Swag sagt. Ich glaube, ich weiß, warum Hazel nicht mit dir …

FÄUSTLING: Still! Ich gebiete es!

DÄMON: Schon gut, schon gut. Komm her, o kaum cleverer Clearasilkunde (hihi), und lass dich berühren, auf dass meine Macht und mein Reichtum und mein … Swag auf dich übergehen!

FÄUSTLING: *Ka-sta-nie* noow! I'm having such a good time …

DÄMON: Jetzt komm schon! Oh, was ist das? *Chia*, da muss ich wohl wieder zurück. Wir sehen uns in der Hölle, komm mich mal besuchen! Ciao!

FÄUSTLING: Oh nein, was ist das? DemonCast, was ist los? Eine Fehlermeldung? Nein! Was steht da? »Vielen Dank, dass Sie EasySummon Version 6.66 benutzen. Leider ist Ihre Testversion abgelaufen. Bitte bestellen Sie die Vollversion mit wenigen Links-Klicks über unsere Homepage oder die einschlägigen Kanäle im *Darknut*.« Neeeeeeein!

Kim Catrin

Liebe ist wie eine Katze

Liebe, hab ich immer gedacht, Liebe ist wie ein Vogel. Wenn du lang genug wartest, kommt sie immer zu dir zurück …

Inzwischen hab ich gelernt, dass das ein bisschen anders läuft in der Realität. Also, Liebe ist mehr wie eine Katze. Manchmal siehst du sie tagelang nicht, und dann liegt plötzlich eine tote Maus vor deinem Bett. Und manchmal tut Liebe halt weh, wenn sie dir eigentlich Zuneigung schenken möchte, aber dir dabei mit ihren Krallen den Oberschenkel aufschlitzt.

Liebe ist wie eine Katze, sie läuft dir manchmal zu. Wenn du am allerwenigsten damit rechnest. Und nie sieht sie genauso aus, wie du sie dir vorgestellt hast.

Liebe, hab ich immer gedacht, Liebe ist einen halben Kopf größer als ich. Liebe spielt mindestens ein Instrument, am liebsten Klavier. Liebe hat diese Surferboyfrisur und einen guten Bräunungston, ein bisschen wie ein guter Weihnachtsbraten. Liebe ist Nichtraucher und nur Gelegenheitstrinker. Liebe kann sehr gut skaten. Liebe, hab ich immer gedacht, Liebe ist ein Junge.

Und dann kam Liebe. Mit großen Schritten, stark und selbstbewusst – in Ballerinas. Liebe war kleiner als ich. Liebe war der unmusikalischste Mensch, den ich mir vorstellen konnte, und ihre gesamte Playlist bestand nur aus Charts! Liebe trug meist einen

Pferdeschwanz und sie brauchte zum Lesen eine Brille. Liebe hielt nichts von Weihnachtsbraten, denn sie war Veganerin. Aber Zigaretten sind ja vegan, also rauchte Liebe wie ein Schornstein. Liebe war sehr sportlich, sie fuhr fast überall mit dem Fahrrad hin. Liebe war ein Mädchen.

Und dann, irgendwann, verschwand Liebe. Denn es ist eben wie bei einer Katze, irgendwann hat sie einfach keinen Bock mehr auf Kuscheln. Und wenn du dann versuchst, sie festzuhalten, tust du im Endeffekt euch beiden nur weh.

Liebe, hab ich dann gedacht, Liebe ist scheiße… Das… das war's. Da kommt keine Pointe. Das ist einfach so. Liebe ist scheiße, Liebe tut nur weh und am Ende bist du wieder allein und fühlst dich furchtbar, Liebe ist das Gegenteil von *Lidl, denn sie lohnt sich nicht.*

Und dann … kam Liebe zurück. Liebe hatte jetzt eine andere Frisur mit Strähnen zwischen meinen Fingern. Liebe hatte andere Finger mit Nägeln auf meiner Haut. Liebe hatte einen anderen Hautton mit Sommersprossen auf der Nase. Liebe hatte eine andere Nase mit der Spitze an meiner. Liebe war spitze.

Und dann, irgendwann, war Liebe wie Gebäck zu Sankt Martin – weg, Mann! Und als ich Liebe das nächste Mal sah, erkannte ich sie zuerst überhaupt nicht.

Denn als ich Liebe das nächste Mal sah, war Liebe sehr schmal gebaut. Liebe hatte eine Sturmfrisur und trug deswegen ständig eine Mütze. Liebe redete sehr viel und konnte Gitarre spielen. Liebe trank oft und gerne Wein. Liebe mochte Bahn fahren und Langstreckenflüge, denn Liebe reiste sehr viel. Liebe war häufig heiser und machte furchtbar schlechte Witze, zu denen ich dann immer gesagt hab: »Mach's doch wie ein Nichtschwimmer und halt einfach den Rand.« Liebe lachte sehr laut, immer, wenn ich sowas sagte. Liebe lachte gern mit mir. Liebe war ein Junge.

Liebe, hab ich immer gedacht, Liebe geht ganz einfach. Irgend-wann, wenn Liebe einmal da ist, dann hab ich das durchgespielt und dann bleibt das so und dann wird alles gut. Aber Liebe ist eben manchmal wie eine Grundschülerin in der Musik-AG – sie geht flöten.

Zuerst dachte ich, Liebe sei ein Junge. Dann musste ich fest-stellen: Ich finde George Clooney nicht heiß, Tom Hiddleston nicht hübsch, Chris Pine nicht sexy und Ryan Gosling geht mir am Arsch vorbei. Insgesamt ging es mir bei Männern so wie in 'nem Spukschloss am helllichten Tag – ich war wenig begeistert. Also dachte ich fortan, Liebe sei ein Mädchen, und seien wir mal ehrlich: Scarlett Johansson ist heiß, Natalie Portman ist heiß, Emma Watson ist heiß und Reese Witherspoon ist Elle Woods! Ich habe mich immer mehr für die Bondgirls interessiert als für die Bonds. Aber als Liebe dann als Junge wiederkam, verstand ich, dass es mit Geschlechtern genauso ist wie mit 88 – egal.

Und wisst ihr, wenn Liebe das nächste Mal wiederkommt, werde ich eine andere Haarfarbe haben als Liebes letzte Bekanntschaft. Ich werde andere Lieblingsbücher lesen und andere Lieder singen, vielleicht sogar welche, die Liebe noch gar nicht kennt. Ich werde Liebe anders küssen und ich werde Liebes Namen anders ausspre-chen, ich werde Liebe anders berühren und eine andere Standard-bestellung in einem anderen Stammcafé aufgeben. Denn das ist es doch, was Liebe ausmacht. Nicht die Gemeinsamkeiten. Sondern die Unterschiede. Und die Bereitschaft, Liebe genau so zu sehen, wie sie ist: wie eine Katze, sie läuft dir manchmal zu. Wenn du am allerwenigsten damit rechnest. Ich will nicht wissen, wie oft ich Liebe schon über den Weg gelaufen bin, ohne es zu merken, weil ich auf eine andere Liebe gewartet habe, die nie eingetroffen ist.

Also bau dir ruhig mal bei Gelegenheit eine Katzenklappe ein. Und lass dich überraschen. Vielleicht kommt ja alles ganz anders, als du es erwartest.